新\时\代\中\华\传\统\文\化
▪知识丛书▪

中华古典诗词

主编◎李燕 罗日明

应急管理出版社
·北京·

图书在版编目（CIP）数据

中华古典诗词 / 李燕，罗日明主编 . -- 北京：应急管理出版社，2022

（新时代中华传统文化知识丛书）

ISBN 978-7-5020-7180-6

Ⅰ. ①中… Ⅱ. ①李… ②罗… Ⅲ. ①古典诗歌—诗歌欣赏—中国—通俗读物 Ⅳ. ①I207.22-49

中国版本图书馆 CIP 数据核字（2022）第 044517 号

中华古典诗词（新时代中华传统文化知识丛书）

主　　编　李　燕　罗日明
责任编辑　高红勤
封面设计　郑广明

出版发行　应急管理出版社（北京市朝阳区芍药居 35 号　100029）
电　　话　010-84657898（总编室）　010-84657880（读者服务部）
网　　址　www.cciph.com.cn
印　　刷　北京市兆成印刷有限责任公司
经　　销　全国新华书店

开　　本　710mm×1000mm 1/16　**印张**　9 1/2　**字数**　90 千字
版　　次　2022 年 5 月第 1 版　2022 年 5 月第 1 次印刷
社内编号　20211276　　**定价**　39.80 元

序言

中华古典诗词源远流长，名篇众多，是中国传统文化中宝贵的文化遗产。

诗起源于上古时期的社会生活，是在原始宗教仪式、生产劳动中逐渐产生的一种有韵律的、富有感情色彩的语言形式。

诗和歌密切相关，古人把合乐的叫“歌”，不合乐的叫“诗”，统称为“诗歌”。诗最早是和音乐、舞蹈相配合来吟唱，后来诗、歌、乐、舞都单独成为一个体系。《礼记·乐记》中写道：“诗，言其志也；歌，咏其声也；舞，动其容也。三者本于心，然后乐器从之。”

诗有古体诗、近体诗之分，以唐朝为分界线，唐朝以前的诗歌体裁被称为“古体诗”。古体诗的发展经过了多个阶段：《诗经》→楚辞→汉赋→汉乐府→魏晋南北朝民歌→建安诗歌→陶诗等文人五言诗→唐代的古风、新乐府。

唐朝时出现了近体诗，并且细分为律诗和绝句。律诗对格律有严格要求；绝句则是四句为一首诗，短小精悍。唐朝是诗的鼎盛时期，涌现出了一大批优秀的诗人，如李白、杜甫、王维、白居易等，可谓人才济济。唐朝时期好的诗作更是数不胜数，如《静夜思》《望岳》《山居秋暝》《池上》……我们提到诗，首先想到的就是唐诗，其实在宋朝和明清时期诗也有进一步的发展。

词是由诗而来，是诗的一种韵文形式。词最开始是合乐的歌词，所以要按照一定的曲调来填写，这些曲调名就是词牌。词形成于唐朝，在两宋时期词的成就达到顶峰。我们提到词，首先想到的也是宋词。苏轼、柳永、李清照、辛弃疾……这一时期的词人开阔了词的素材领域，使词成为与诗并行的一种文学体裁，拥有了和诗一样的地位。

中华古典诗词是我们国家独有的文学形式。诗词拥有美妙的韵律、精练的语言，并且充满了丰富的情感，包含了只有中国人才能深刻体会的情感和意象，是我们传统文化的重要组成部分。这样宝贵的文化我们一定要好好学习与传承。

本书运用通俗的语言，介绍了诗词文化和著名的诗人、词人，通过解读诗词中的典故和诗词背后的故事，力求让读者对古典诗词有进一步的认识。

让我们走进古典诗词的世界，聆听这千百年前的美妙韵律，从诗词当中了解当时的社会生活和作者的精神世界，并期盼这源远流长的文学艺术在现在依然能发光闪亮，成为我们精神世界的一盏明灯。

目 录

第一章 源远流长的中华古典诗词

第二章 诗与词的基本格式

第三章　流芳百世的诗人

第四章　名扬天下的词人

第五章　诗词中的故事

第六章　诗词中的典故

第一章

源远流长的中华古典诗词

一、中华诗歌的源头

诗歌起源于上古时期，是一种有韵律且富有感情色彩的语言形式。诗歌是如何发展的呢？我们一起来了解一下吧。

《说文解字》中对“诗”是这样解释的：“诗，志也。从言，寺声。”

“诗”这个字最早出现于战国时期，后来经过小篆、隶书而逐渐演变成楷书的“诗”。

诗歌起源于上古的社会生活，因劳动生产、两性相恋、宗教祭祀等而产生。早期诗、歌、乐、舞是合为一体的，后来它们各自发展，独立成体。诗从歌中分化出来，成为独立的文学体裁。

目前，人们认为诗歌最早来源于劳动号子。上古的人类因为生产力落后需要承担繁重的体力劳动。他们发现劳动时发出统一的、有节奏的口号，能够使人心情愉悦，暂时忘却劳动的苦闷，所以这种单纯而有节奏的口号就成为诗歌的雏形。

古人云：“诗言志。”意思是用语言表达内心的思想、意愿、感情。如果给诗下一个定义，那就是：按照一定的音节、声调和韵律的要求，用凝练的语言、充沛的情感和丰富的想象来表现社会生活和人的精神世界的一种文学体裁。

诗根据不同的形式大致可以分为古体诗和近体诗。不同的时代孕育出不同形式的诗，像屈原创造的楚辞体、汉代的乐府、魏晋的歌行体，都属于古体诗。古体诗的发展经过了以下几个阶段：《诗经》→楚辞→汉赋→汉乐府→魏晋南北朝民歌→建安诗歌→陶诗等文人五言诗→唐代的古风、新乐府。

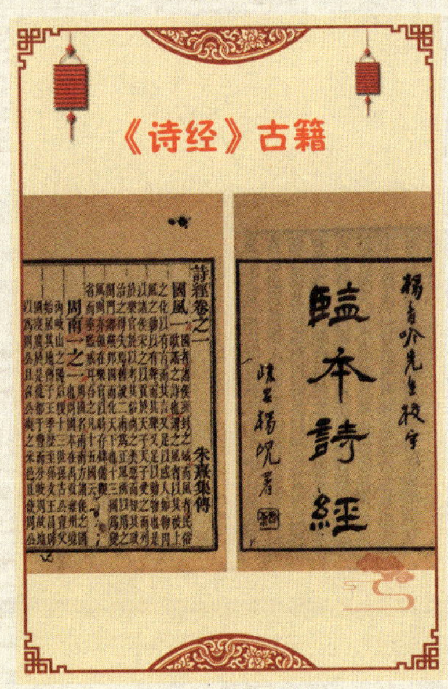
《诗经》古籍

而现在最常见的、流传最广的绝句和律诗都属于近体诗。近体诗始于唐代，也兴盛于唐代。

诗最大的特点就是抒发情感。诗人借助什么来抒情？借助意象。意象是诗中的一个重要概念，诗人表达情感往往要借助于意象。中国的古诗中常见的意象有植物、动物、自然景观、节日时令等。古人表达思乡之情时并不会直接大喊："我好想家，我要回家！"而是说："露从今夜白，月是故乡明。"古人赞美高洁的品质会用梅花、蝉等意象来表达："遥知不是雪，为有暗香来。""居高声自远，非是藉秋风。"

古诗具有意象美、韵律美、抒情美，这也是诗在人们心中拥有极高地位的原因吧！

二、优秀的诗人与诗作

你们都学过哪些古诗呢？你最喜欢的诗人是谁？你印象最深的古诗是哪篇？下面我们就来了解历史上一些优秀的诗人及其代表作吧！

中国的诗经过了先秦两汉的发展，三国两晋的推动，南北朝和隋朝的积蓄，到了唐代大放异彩。唐诗是中国古诗的标志，唐朝也涌现出一大批优秀的诗人。

被称作“初唐四杰”的王勃、杨炯、卢照邻、骆宾王；盛唐时期的诗仙李白，诗圣杜甫，山水田园诗人王维、孟浩然，边塞诗人高适、岑参；中唐时期的白居易、元稹、李贺；晚唐时期的“小李杜”——李商隐、杜牧……均是成就斐然的唐朝诗人。许多脍炙人口的诗篇都出自他们的笔下。如王勃的《送杜少府之任蜀州》，杜甫的“三吏”“三别”，孟浩然的《过故人庄》，王维的《送元二使安西》，王昌龄的《出塞》，白居易的《赋得古原草送别》，杜牧的《江南春》……

李白是中国诗词史上的一座丰碑。他的诗豪迈奔放，想象丰富，意境奇妙，清新飘逸，对后代的诗产生了极为深远的影响，几乎每个中国人都耳熟能详。他的很多诗句已经融入我们的思想，成为我们独特的表达方式。

我们形容瀑布的壮观时会说“飞流直下三千尺，疑是银河落九天”(《望庐山瀑布》)，形容地势险要时会说“一夫当关，万夫莫开”(《蜀道难》)，表达友情时会说“桃花潭水深千尺，不及汪伦送我情”(《赠汪伦》)，表现豪放不羁时会说“人生得意须尽欢，莫使金樽空对月。天生我材必有用，千金散尽还复来”(《将进酒》)，在表达凌云壮志时会说“大鹏一日同风起，扶摇直上九万里”(《上李邕》)，这些全部出自李白的诗作中。

宋代也有许多著名的诗人，比如陆游、杨万里、王安石、黄庭坚等。明清时期有唐寅、龚自珍等优秀的诗人。他们的许多作品也都非常优秀，流传极为广泛。比如陆游的《书愤》、王安石《泊船瓜洲》、黄庭坚的《寄黄几复》、唐寅的《桃花庵歌》等。

中国的诗文化源远流长，博大精深，是中国传统文化中的重要组成部分。中国的优秀诗人数不胜数，他们留下的众多诗篇是我们中国人独有的、宝贵的精神财富。

三、词的起源

如果让你给“词”下一个定义，你会怎么定义呢？其实，最早的词就是歌词，是用来配着音乐演唱的。那么词是从哪里来的？有什么明显的特点呢？

词是一种抒情诗体，它的特点是“调有定格，句有阙”。词有词调。词调不是词的题目，是写词时所依据的乐谱。后来人们把前人的词调加以概括和总结，得出各种词调的平仄格式，每种格式都会有一个词牌作为代表，常见的词牌有“浣溪沙”“菩萨蛮”“卜算子”“蝶恋花”等。大部分词牌和词的内容并没有关系，我们在读词的时候感觉“文不对题”，是把词牌当作词的题目了。其实词真正的题目常出现在与词牌并列的“·”后面的部分。这一习惯起源于宋代。当时的词人为了表明自己要表达的意思，在词牌后面加上了题目，比如《卜算子·咏梅》等。也有词人在词牌后加了小序，以表达词作的命意。每种词谱都有规定的字数、平仄等，词要按照固定的词谱进行填写，所以创作词也叫“填词”。

词一般分两段，即上下阕，极少有不分段或分两阕以上的。一首词只分一段，称为“单调”；分两段，称“双调”；分三段或四段，称“三叠”或“四叠”。

单调的词往往是一首小令，像一首诗，但是分长短句，比如李清照的《如梦令·常记溪亭日暮》：“常记溪亭日暮，沉醉不知归路。兴尽晚回舟，误入藕花深处。争渡，争渡，惊起一滩鸥鹭。”

相较于诗的悠久历史，词就显得年轻一些。词萌芽于隋唐之际（一说萌芽于南朝），形成于唐代，最早来源于民间。在唐玄宗时期，音乐兴盛，民间有歌者根据音乐节拍创作出歌词，这就是早期的词。

词是诗的一种别体，最开始都是男女爱情一类的题材，为文人所不屑，所以被称为“诗余小令”“小道”。唐代初期文人词偶有人创作，但极少。唐代中后期文人词在民间词的基础上逐渐发展起来，也在文学创作中占了一席之地，有了较为优秀的作者和作品。唐代晚期的温庭筠被尊为花间派的鼻祖，对词的发展有较大的影响。自此词自成一体，与诗并行发展。到了宋代，经过欧阳修、柳永、苏轼、李清照等文人的充实和发展，词与诗开始并驾齐驱。因词在宋代达到高峰，取得了令人瞩目的成就，所以提到词我们首先想到的就是宋词。

宋词从风格上主要分为婉约派和豪放派两大类。婉约派代表词人有晏殊、柳永、秦观、李清照等。婉约派词作的特点主要是音律婉转，语言清新绮丽，具有柔婉之美。豪放派代表词人有苏轼、辛弃疾、岳飞等。豪放派词作的题材广阔，生活中所见、所思、所想都可入词，有儿女情长，有壮阔景色，有悠闲时光，也有家国情怀。它与婉约派的词作相比，境界宏大、气势奔放。

四、优秀的词人与词作

如果说唐代是诗的时代，那么宋代就是词的时代。词具有格律美，生活气息浓郁，且极具音乐性，能将写景与抒情完美结合，达到情景交融。下面我们就来了解历史上一些优秀的词人及其代表作。

词最初来自民间，刚开始文人们认为其难登大雅之堂。到了晚唐时期，词才由民间词逐渐向文人词过渡。

花间派是中国词史上第一个词学流派，得名于后蜀赵崇祚所编的词集《花间集》。因《花间集》中词人词风大体相似，故后人称之为“花间派”。花间派的词人词风华美，多为抒发闺怨、相思离恨之情的艳词，代表人物有温庭筠、韦庄等。

温庭筠是第一位致力于填词的文人，他的词温婉细腻、辞藻华丽，代表作有《菩萨蛮·小山重叠金明灭》

《更漏子·玉炉香》等。温庭筠不仅创作了大量的优秀词作，还提升了词的地位。他的词作对后来的婉约派及婉约派的词人李煜、柳永、李清照等产生了深远的影响。

提到婉约派就不得不说到一位帝王——南唐后主李煜。李煜善用富有感染力的比喻，将抽象的愁思写得形象可感。比如，他的《虞美人·春花秋月何时了》中的“问君能有几多愁？恰似一江春水向东流”,《相见欢·无言独上西楼》中的“剪不断，理还乱，是离愁。别是一般滋味在心头”。

使词真正达到能够和诗并列的高度的，还是宋朝词人的功劳。宋朝涌现出一大批婉约派的词人，前有柳永、晏殊，后有秦观、李清照。

柳永《雨霖铃·寒蝉凄切》中的“执手相看泪眼，竟无语凝噎”把离别之情刻画得凄婉动人；晏殊《浣溪沙·一曲新词酒一杯》中的“无可奈何花落去，似曾相识燕归来”声韵和谐，寓意深远；秦观《鹊桥仙·纤云弄巧》中的“金风玉露一相逢，便胜却人间无数”歌颂了圣洁的爱情；李清照《声声慢·寻寻觅觅》中的“寻寻觅觅，冷冷清清，凄凄惨惨戚戚”，则用七个叠词表现出无尽的哀愁。

宋代的主要词派除了婉约派还有另外一个词派——豪放派。

豪放派的词作与婉约派截然不同，自带一种豪迈奔放的气势，它扩大了词的格局，提升了词的地位。

豪放派词人的代表便是大文豪苏轼。苏轼的《念奴娇·赤壁怀古》中的“大江东去，浪淘尽，千古风流人物”气势雄浑、大气磅礴，《定风波·莫听穿林打叶声》中的“竹杖芒鞋轻胜马，谁怕？一蓑烟雨任平生”超凡旷达，《水调歌头·明月几时有》中的“但愿人长久，千里共婵娟”则表达了对生活的美好祝愿。苏轼扩大了词的题材，提升了词的影响力，开创了宋代豪放词的先河。

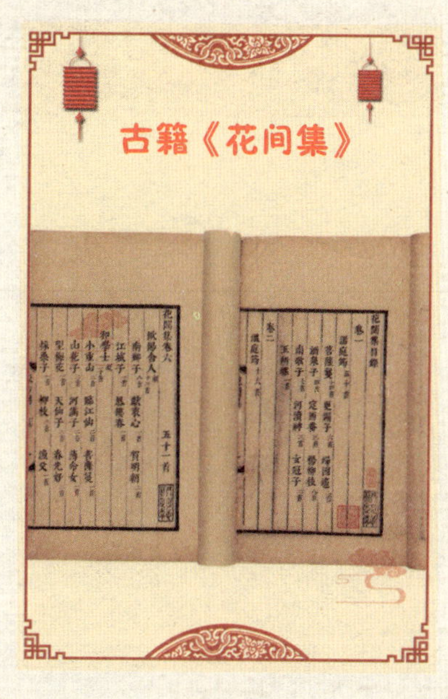
古籍《花间集》

与苏轼并称的豪放派词人是辛弃疾，他的词多以国家、民族等现实问题为题材，抒发慷慨激昂的爱国情怀和壮志难酬的忧愤。比如《水龙吟·甲辰岁寿韩南涧尚书》《满江红·鹏翼垂空》《永遇乐·京口北固亭怀古》等。辛弃疾的爱国词对后世也产生了巨大影响，后来的陈亮、刘过等人的作品都受到辛弃疾的影响。

词在宋朝取得了辉煌的成就，许多词人和词作成为中国文学史上的标志和不可逾越的高峰。

五、中华诗词之美

诗词是诗人与词人抒发感情的载体，他们用精练、优美的语言创作出一篇篇经典佳作。在这些经典的诗词中藏着许多美，下面就让我们一起来体会这种美吧！

诗词具有韵律美。诗词读起来有一种韵律感，主要是因为诗词讲究押韵、平仄、对仗。

押韵会使诗词的音调和谐优美。比如李白的《静夜思》:“床前明月光，疑是地上霜。举头望明月，低头思故乡。”这里一、二、四句的最后一个字分别是“光”“霜”“乡”，它们都押“ang”的韵。诗词一般在句末用同一韵母的字，这样就会使声韵和谐。

平仄是中国诗词中用字的声调。古汉语有四种声调，分别是平、上、去、入。除了平声，其余三种统称为“仄声”。在诗词中将平声和仄声按一定规律交错排列，能使声调多样化，形成节奏感。

对仗是按照字音的平仄和字义的虚实作成对偶的语句。比如在“举头望明月，低头思故乡”这两句诗中，“举头”对“低头”，“望”对“思”，“明月”对“故乡”。

诗词具有比喻美。许多诗人和词人善用比喻的手法来描绘景象。

有比喻物的，比如，李白《望庐山瀑布》中的“飞流直下三千尺，疑是银河落九天”，将庐山瀑布比喻成天上的银河倾泻；刘禹锡《望洞庭》中的“遥望洞庭山水翠，白银盘里一青螺”，将洞庭湖和君山分别比喻成白银盘和青螺。有比喻事情的，比如，白居易《琵琶行》中的“嘈嘈切切错杂弹，大珠小珠落玉盘”，将琵琶弹奏的声音比喻成不同大小的珠子落到玉盘里的声音。有比喻情感的，李煜《虞美人·春花秋月何时了》中的“问君能有几多愁？恰似一江春水向东流”，将无法看见的愁思比喻成连绵的江水。

诗人和词人用这些或夸张或奇妙的比喻给诗词带来更生动的意象，使有形的事物更形象，无形的事物变得具象。

诗词具有意境美。这是一种用心才能体会的感觉。比如，柳宗元《江雪》中“千山鸟飞绝，万径人踪灭”的万籁俱寂，王维《鹿柴》中“空山不见人，但闻人语响”的空旷，王维《使至塞上》中“大漠孤烟直，长河落日圆”的壮美，贾岛《题李凝幽居》中“鸟宿池边树，僧敲月下门”的寂静，等等。在这些诗句中，诗人并没有直接写静，而是通过描写景物和环境来营造意境，使人感觉到静。这比直接写静更加高级。

诗词具有哲理美。很多诗词中都蕴含着哲理。比如，苏轼《题西林壁》中的“不识庐山真面目，只缘身在此山中”，道出了“当局者迷，旁观者清”的哲理；陆游《游山西村》中的“山重水复疑无路，柳暗花明又一村”，蕴含了对人生和世间万物的感悟——觉得前面好像没有路了，但是走过了黑暗就会柳暗花明；白居易《赋得古原草送别》中的“野火烧不尽，春风吹又生”，用野草年复一年的生长，寓意生生不息的精神，告诉我们面对艰辛和考验时，应该像野草一样顽强。

当然，诗词之美远远不止这些，诗词中的典故和故事都是美的。让我们一起阅读诗词，找寻诗词中更多的美吧！

六、为什么要学习古诗词

古诗词的历史悠久，它们是古人抒怀感悟的作品，无论是作者还是当时的社会距今都已经很遥远了。那我们为什么还要学习古诗词呢？

有人说，自己学习古诗词是因为上学的时候学校要求，不学会影响考试成绩。这确实是一个现实的问题，学校用考试来检验我们对古诗词的掌握程度。但为了考试而学习，未免太狭隘了。也有人说，古诗词积累得多了，说话时引用古诗词会显得自己有学问。但这是为了炫耀，也不应成为我们学习诗词的目的。

那我们究竟为什么学习古诗词呢？往大了说是为了传承和复兴传统文化，往小了说是为了提升自我的修养。

诗词是中国人的文化标志，蕴含着只有中国人才能深刻理解的文化内涵。只有中国人才明白“红豆”不只是一种植物的种子，还代表相思；“鸿雁”也不只是一种鸟，还代表远方的消息。还有子规、荷花、杨柳等，它们在古诗词中都有其代表的意思，是中国人传承至今的文化密码。我们不学习古诗词就无法解读这些密码，也就丢失了我们的文化基因。

我们经常说为了中华民族的伟大复兴而努力奋斗。我们要复兴什么？每个人要怎么做？

中华民族的伟大复兴包括文化复兴，文化复兴又包括复兴优秀的传统文化，而传统文化包括中国人独有的修齐治平、爱国的思想和中华传统美德，以及中国独有的美学追求。古诗词就是中国独有的美学代表之一。

中华民族的复兴靠的是每个人的力量，每个人都肩负有文化复兴的责任，学习古诗词就是在承担这种责任。

学习古诗词是提升自身修养的方式之一。正所谓“腹有诗书气自华”，我们日积月累阅读和记忆的古诗词，终会融入我们的思维，改变我们表达和思考的方式，影响我们说话和写作。

古诗词还蕴含着独特的美感。我们阅读诗词时，仿佛穿越时光和古人并肩站在一起，见其所见，想其所想。这种跨越时间与空间的交流，难道不是一种美妙的交流吗？

所以，我们学习古诗词，不是为了应付考试，不是为了卖弄文采，是为了延续文化基因，是为了体会古诗词的美感，是为了汲取古诗词中的力量，陶冶情操。

我们在表达对父母的感激时会想到“谁言寸草心，报得三春晖”，怀念家乡时会慨叹“月是故乡明”，和朋友分别时希冀“海内存知己，天涯若比邻”；我们在漫漫人生路中独处时，可以有“举杯邀明月，对影成三人”的自娱，“采菊东篱下，悠然见南山”的闲适，“一人独钓一江秋”的气度和“相看两不厌，只有敬亭山”的豁达。这是诗词给予我们的精神力量。

第二章

诗与词的基本格式

一、古体诗和近体诗

古体诗和近体诗是相对而言的。以唐朝为分界线，唐朝以前的诗歌体裁被称为“古体诗”，唐朝时对诗的要求产生了新的变化，于是就有了近体诗。

从诗句的字数上来看，古体诗包括四言诗、五言诗、七言诗和杂言诗等。四言古体诗就是四个字一句，五言古体诗就是五个字一句，杂言古体诗则三言、四言、五言、七言相间杂者为多。曹操的《观沧海》就是四言古体诗，《诗经》中的许多诗篇则是杂言古体诗。

古体诗中五言诗和七言诗较多。五言古体诗是在汉、魏形成的一种诗体，并没有严格的格律，也不限长短，不讲平仄，用韵也很自由，只要保证每句是五个字就可。魏晋时期五言古体诗的代表作有曹植的《赠白马王彪》、陶渊明的《归园田居》等。到了唐朝，五言古体诗得到进一步发展，陈子昂、李白、杜甫、王维、韦应物等诗人都以自己独特的风格创作过五言古体诗。比如李白的《月下独酌》、韦应物的《长安遇冯著》等。

七言古体诗并不是每一句都是七个字，只看大多数句子是不是七个字，甚至只要是长短句，就归入七言古体诗。比如李白的《蜀道难》中有三言、四言，还有九言，但因为大多数是七言，仍被认为是七言古体诗。

七言古体诗据说起源早于五言古体诗，兴于唐。现在流传的七言古体诗名篇，如张若虚的《春江花月夜》、白居易的《琵琶行》等都是唐朝诗人的佳作。

近体诗产生以前，古体诗的写法比较自由，除了要求押韵，几乎没有什么特别的形式要求。但近体诗产生以后，古体诗在写法上就要避免近体诗的句法，这可以说是古体诗的格律了。

近体诗又称“格律诗”，是诗的一种体裁。常见的近体诗形式有五言律诗、七言律诗和部分五言绝句、七言绝句。之所以说是部分绝句，是因为绝句中有很大一部分不符合近体诗要求的古绝。

相对于古体诗而言，近体诗有严格的格式要求。上面我们讲到的诗词的格律都是在唐朝形成的。唐朝文人写诗时加入了许多规矩，从此作诗的句数、字数、押韵都有了严格要求，而且还要讲究平仄、对仗。

但是事实证明，作诗时加入各种要求虽然提高了诗作的门槛，但是也将诗这种文学体裁推上了一个高峰。更可贵的是，唐朝诗人留下了无数脍炙人口的作品。

二、朗朗上口的诗韵

“春眠不觉晓，处处闻啼鸟，夜来风雨声，花落知多少。”朗读这首古诗时我们会发现，第一句、第三句和第四句的最后一个字，韵母非常相似。而正因为有相似的韵母，所以我们觉得这首诗读起来朗朗上口。

所谓押韵，就是指将韵母相同或相近的文字放在诗文固定的位置（一般在句尾），令诗文诵读起来顺口，并有一种回环的音乐感。

古体诗用韵比较自由，例如《诗经》、《楚辞》和魏晋古诗多是不押韵的。但到了南北朝后期，尤其是隋唐时期，押韵就成了作诗必备的格式。

那么，如何来判断一首诗是否押韵呢？是凭借感觉吗？当然不是。我们古代有很多研究音律的学者，他们在当时已经根据发音的不同，将汉语中比较常见的字进行了韵的划分。其中最早的是隋代陆法言所写的《切韵》。唐玄宗时，学者孙愐又在《切韵》的基础上撰写了《唐韵》。后来，人们作的诗是否押韵往往就根据这些典籍来判断。

不过在隋唐时期，也不是所有的诗都是严格按照《切韵》和《唐韵》来押韵的。所以后来有人在这两本书的基础上，归纳整理了唐诗的全部特点，编制了详细的平水韵。唐诗的押韵情况，我们基本上可以根据平水韵来查阅，而以后的诗人用韵就大致根据平水韵了。不过古代的汉语发音和现在的普通话很不一样，所以我们不能用现在的发音来判断古代的诗韵。

古籍《切韵》

那么是不是每句诗都必须押韵呢？其实也不是。诗的押韵一般只押在偶句，因为唐诗一般只有四句的绝句和八句的律诗，所以押韵只押第二、第四、第六和第八句，第一句可以押韵也可以不押韵。

让我们来看下面这两首诗：

“青山横北郭，白水绕东城。此地一为别，孤蓬万里征。浮云游子意，落日故人情。挥手自兹去，萧萧班马鸣。”

这首诗出自李白的《送友人》，诗中押的是平水韵中的下平八庚，而第一句中的“郭”字没有押全诗的韵。

“一封朝奏九重天，夕贬潮州路八千。欲为圣明除弊事，肯将衰朽惜残年！云横秦岭家何在？雪拥蓝关马不前。知汝远来应有意，好收吾骨瘴江边。”

这首诗出自韩愈的《左迁至蓝关示侄孙湘》，押的是平水韵中的下平一先，第一句最后一字“天”也在这个韵部下面。

三、抑扬顿挫的平仄

梁武帝曾经问朱异:“你们这群文人整天都在谈论四声,到底什么是四声?”朱异想要讨皇帝高兴,于是大声说:“就是‘天子万福’的意思。”梁武帝接着又问:“那么‘天子寿考’是四声吗?”朱异回答不是,梁武帝因此更加迷惑了。这两个人对话中的四声,关系到一个重要的名词——平仄。

我们的祖先发现,汉语的声调一共有四个(不是今天的四声),随着声调的变化,同一个音所能表达的字也不同。于是古代文人便将这四种声调加以分类,分为平、上、去和入,然后再将每一个字划归到不同的声调中去。

现在我们都学会了汉语拼音,因此很容易判断一个字的声调。但在古代,因为语音的不同,声调完全要根据习惯判断,所以不进行分门别类是很难明白的。这就是梁武帝被弄得一头雾水的原因。

我们说话是有声调伴随的，那么古人作诗需要声调吗？诗是为了朗诵和演唱的，所以，为了让诗显得抑扬顿挫，也必须有声调。古体诗不追求格式，因此声调很随意。但隋唐开始盛行的近体诗，要求诗人必须按照一定的声调来创作。

于是，文人们便将四声中的平声定义为平，其余三个声调定义为仄，仄就是不平的意思。在一句诗中，使用平仄不同的字，诗句就显得抑扬顿挫了。

那么，平仄又怎么分配呢？如果我们注意观察就会发现，汉语基本上是以两个音节为一个节奏单位的，发音的重点一般在后面的音节上。因此文人们便以两个音节为单位，让诗句中的平仄交错。例如这句“春眠不觉晓”，它的平仄就是“平平仄仄仄”。

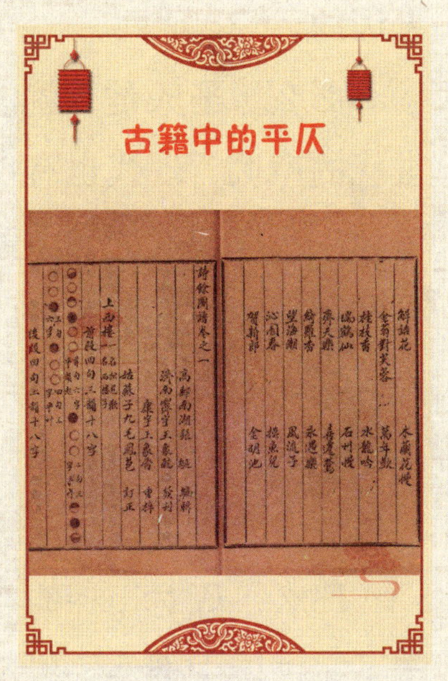

事实上，五言诗句的平仄，一般只有平平仄仄平、仄仄平平仄、平平平仄仄、仄仄仄平平四种。而七言诗句是在这个基础上加了两个声调，一般有仄仄平平仄仄平、平平仄仄平平仄、仄仄平平平仄

仄、平平仄仄仄平平四种。

现在，我们知道了平仄，那么一首古代诗句是否合格能用平仄来判断吗？答案是不行。因为现在的普通话已经和古代所说的话不一样了，古代的很多发音在现在已经发生了变化。例如一开始说的，古代四声是平、上、去、入，在现在的普通话里，我们已经完全找不到入声的痕迹了，只有个别方言中还有所保留。古代的上声，在现在有些已经不发上声而改成了去声或平声。所以，我们用现在的发音去判断过去的诗就会发现，很多诗人的诗是不符合平仄的。

那么，平仄是否就没有意义了呢？当然不是，古代有古代的声调，现代也有现代的声调。正是因为声调发生了变化，所以现代的文学家对平仄做了规定，将平声分为阴平和阳平，就是拼音中的一声和二声；而将上声和去声作为仄声，就是拼音中的三声和四声，于是就构成了一二平、三四仄的新声调系统。所以，现代人在作诗时，可以根据现在的声调习惯，使用新的平仄进行。

那么平仄对于押韵有什么影响呢？这就涉及古诗的规定了。古诗中押韵一般只押平声。例如，千、钱、浅、倩是“qian”这个音的四个声调，我们在作诗的时候，可以用“千”和“钱”来押韵，如果一个韵句的末尾用了“倩”字，那么这属于用错了格式，就不能成为古诗了。

四、我们熟悉的律诗与绝句

律诗和绝句都是常见的格律诗，也就是近体诗，是唐朝流行起来的诗的形式。

律诗萌芽于南北朝时期，盛行于唐宋时期。常见的律诗有五言律诗和七言律诗。五言律诗就是每句有五个字，七言律诗就是每句有七个字。

唐诗中五言律诗的代表有张九龄的《望月怀远》："海上生明月，天涯共此时。情人怨遥夜，竟夕起相思。灭烛怜光满，披衣觉露滋。不堪盈手赠，还寝梦佳期。"七言律诗的代表有崔颢的《黄鹤楼》："昔人已乘黄鹤去，此地空余黄鹤楼。黄鹤一去不复返，白云千载空悠悠。晴川历历汉阳树，芳草萋萋鹦鹉洲。日暮乡关何处是？烟波江上使人愁。"

律诗之所以叫律诗，是因为对格律要求非常严格。

首先是句数固定。律诗通常每首八句，每两句为一联，总共四联。每一联的上句叫“出句”，下句叫“对句”，两句构成对句关系。

其次是字数固定。每句诗的字数必须是一样的，要么是五个字，要么是七个字。

再次是讲究押韵。通常律诗押平声韵，而且必须按照韵书中的字押韵。律诗还要求整首诗押一个韵，中间不能换韵。

最后是讲究平仄。律诗首先要符合基本的句型要求。其次对句要相对，邻句要相粘。对句相对指的是一联中上下两句的平仄相反。如果上句是“仄仄平平仄”，下句就是“平平仄仄平”。邻句相粘指的是下一联上句的平仄和上一联下句的平仄相同。例如，上一联是“仄仄平平仄，平平仄仄平”，下一联的上句要跟上一联的下句相粘，必须以平声开头，以仄声收尾，就成了“平平平仄仄，仄仄仄平平”。

绝句又称“截句”“断句”，四句一首，短小精粹。绝句自唐朝流行，属于近体诗的一种形式。

至于为什么叫绝句，各家对其解释并不一致。有一种说法是绝句起源于六朝时文人玩的一种联句游戏。当时的文人聚集到一起饮酒作诗，每人作四句五言诗，然后合成一整首诗。如果将每个人所作的诗分开，单独成为一篇，就是一绝。还有一种说法是“截取律之半”以便入乐传唱，所以称为“绝句”。

绝句从格律要求上区分，可以分为律绝和古绝。

律绝是在律诗兴起后才有的绝句诗。从格式上看，它与律诗一样有严格的平仄要求，但是句数是律诗的一半。比如元稹的《行宫》就是律绝。

古绝与律绝相对，没有律绝那样严格的要求，虽然押韵，但是平仄相对自由。

绝句从字数上分，分为五言绝句和七言绝句。

五言绝句，每句五个字，总共四句，全诗共二十个字，短小精悍。五言绝句中的代表作有李白的《静夜思》、柳宗元的《江雪》、王维的《鸟鸣涧》、王之涣的《登鹳雀楼》等。五言绝句以简短的文字描绘出一种深远又真切的意境，文字虽少，却包含丰富的内容。

七言绝句，每句七个字，总共四句，全诗共二十八个字。七言绝句在押韵、粘对方面有比较严格的格律要求，通常只押平声韵并且不能出韵；还要求符合平仄律，就是在一般情况下，以两个音节（两个字）为一个音步，平仄交互安排。

五、像名字一样存在的词牌

我们学习词的时候经常能见到一些词牌，比如“渔歌子”“永遇乐”“虞美人”“清平乐”“采桑子”“雨霖铃”“菩萨蛮”“水调歌头”等。这些词牌有什么来历？为什么词牌是一种固定的名字？我们一起来看看吧。

什么是词牌？

词牌，简单地说就是一首词的名字。但这个名字与词的内容并不是那么密切，词牌只是依据词的格式命名的。因为词有不同的格式，所以就有了不同的词牌。词牌名共有一千多个，但是词却不止一千多首，因为填词只是依据词牌规定的格式，所以很多内容不同的词会用同一个词牌。

最开始这些名字是用来给曲调命名的。为什么后来曲调的名称变成了词牌呢？

我们都知道词最初是配合乐曲唱出来的歌词。歌词和乐曲都需要创作，创作出来还要标注好名字进行区别，又不能随随便便用曲调一、曲调二或歌词一、歌词二来命名，所以人们就给曲调或歌词起了一个独一无二的名字——词牌。

那词牌是依据什么起的呢？

有的词牌就是所写词的内容总结。比如“踏歌词”是关于舞蹈的，“渔歌子”是关于打鱼的。当然命名不止这一种办法，还有其他的情况。

有的是依据身边所见的事物命名的。比如“菩萨蛮”，据说唐朝时女蛮国来到大唐进贡，她们的穿着打扮看起来像菩萨，人们据此谱了曲子，并以“菩萨蛮”命名。

有的是直接摘取词中的字词当词牌名。比如“忆秦娥”，最初填的一首词开头两句是“箫声咽，秦娥梦断秦楼月”，所以词牌名就叫“忆秦娥”了。

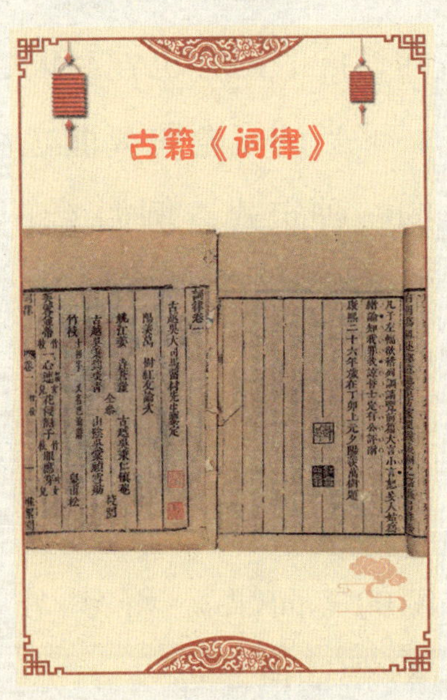
古籍《词律》

还有的是因为词出名，就把原来的词牌名改成和著名词作相关的字词。比如“忆江南”，原名叫“望江南”，因为白居易的词中有一句“能不忆江南”，所以“望江南”这个名字就改成“忆江南”了。

我们在读词时会发现许多词牌和词的内容完全无关。比如李白的《菩萨蛮·平林漠漠烟如织》通过写景表现人的愁思，温庭筠的《菩萨蛮·小山重叠金明灭》通过女子的梳妆打扮暗示人物的孤独寂寞，这两首词与“菩萨蛮”这一词牌刚开始的意义相去甚远。这又是为什么呢?

最初的词是与曲相互配合，共同组成一个完整的音乐作品。这要求填词的人懂得音律，使词和乐曲相互配合，但是对词的格式没什么固定要求。后来有文人介入，逐渐把写诗的格律带到写词中去，词便有了平仄、韵律等格式。再往后乐谱逐渐失传，人们只能依据固定的格式去填词，词的内容也就与词牌名字没什么关系了。

当词完全脱离曲之后，词牌便仅作为文字、音韵结构的一种定式。例如《沁园春·雪》中“沁园春”是词牌，“雪”是词的标题;《卜算子·咏梅》中“卜算子”是词牌，“咏梅”是词的标题。

后来人们为了便于填词，依照古代名作排比归纳，编辑成工具书，也就是词谱。常用的词谱类书籍有清代万树编的《词律》、舒梦兰编的《白香词谱》、王奕清等编的《钦定词谱》等。

六、让词优美动听的词调

既然词最初都是歌词，那我们现在能不能让这些词再次配合乐曲唱起来呢？答案是可以，但是却不能达到原来的状态，因为这涉及已经失传的词调。

词调就是词的曲调，是写词时所用的乐谱。这些词调是依据什么创作的呢？或者说创作的灵感来自哪里？词调大概有以下几个来源。

一是来自民间。劳动人民的智慧是无穷的。唐宋时期乐曲流行，民间也有很多人创作乐曲，有的曲调被文人重新填词后，得到流传，比如“竹枝”等。

二是来源于公立的乐府机构。比如宋朝的大晟乐府，就曾出品“并蒂芙蓉”“黄河清”等。

三是专门从事乐曲工作的乐工和歌伎。比如“雨霖铃”“还京乐”等。

还有一些词调是懂乐曲的文人自制或外国乐曲传入。

唐宋时期外国的乐曲很流行，中国本土的词调也受此影响有所创新，据说著名的《霓裳羽衣曲》就借鉴了印度的《婆罗门曲》。

词调的创作一般都有相应的风格，不同的词调适应不同的内容和场景。

词在初起时，调名往往就是题名，词的内容与调名完全相合。比如“临江仙”言仙事，“女冠子”述道情，“河渎神”咏祠庙，里面词的内容都和词调名相关。

再比如要抒发壮烈的情感，就要用“满江红”一类激昂慷慨的腔调；而写缠绵悱恻之情，需用“木兰花慢”一类和谐婉转的腔调。词配合不同的腔调更能体现和谐一致性。

如果词和词调一直保持这样的关系，那流传到今天的词我们也能根据相应的词牌名谱出相应的乐曲。但是随着社会的变迁，到了宋代，词就不按这个规律走了。宋代词人并不都通晓音律，词人填词也不是为了应歌，他们把词诗律化了，只按照词的诗律而不按照曲的音律来填词，所以

弹词的古人

词的内容和词调也就没什么直接关联了。

词调被创作并记录下来就是曲谱。每个词调最初都是有曲谱的，但是大都遗失在漫长的岁月里了。现在流传下来的有唐代记录曲名的《教坊记》，但是仅仅记录了曲名，并没有曲谱。即便有流传的曲谱，解读也是一项非常复杂又艰难的工作，比如在敦煌发现的唐代工尺谱，到现在还有一些字和曲调不能解读。

所以我们现在看到的词已经和最初与词调配合的词完全不同了。但是也不要感到遗憾，也许随着对古代文化、音乐和词谱的进一步了解，我们就能够解读那些被时光尘封的韵律，感受古人创作的美妙词曲了。

七、工整讲究的对仗

除了用韵、平仄，诗词还讲究对仗。对仗与汉代骈体文中的骈偶句密切相关，可以说是由其发展到诗词领域的。

对仗是诗词创作时所运用的一种表现形式，诗词中的语句要按照字音的平仄和字义的虚实组成对偶句，使之词性一致，平仄相对。诗词中运用对仗会让语句看起来整齐醒目，听起来铿锵悦耳，读起来朗朗上口，便于记忆、传诵，为人们所喜闻乐见。

对仗主要包括词语的互为对仗和句式的互为对仗两个方面。下面我们以律诗为例来讲讲对仗的具体内容。

首先，上下两句平仄必须相反。其次，相对的句子句型要相同，句法结构要一致。有的对仗的句式结构可能不相同，但字面一定要相对。最后，词语所属的词性、词语的意义要相同。

律诗的四联同样也有对仗要求。律诗的四联各有一个特定的名称，第一联是首联，第二联是颔联，第三联是颈联，第四联是尾联。按照规定，颔联和颈联必须对仗，首联和尾联可对仗可不对仗。

杜甫的《登高》是一首七言律诗，是严格遵守对仗的优秀代表作，我们以此为例简单分析一下律诗的对仗。

登　高

风急天高猿啸哀，渚清沙白鸟飞回。
无边落木萧萧下，不尽长江滚滚来。
万里悲秋常作客，百年多病独登台。
艰难苦恨繁霜鬓，潦倒新停浊酒杯。

此诗通篇对仗，我们来看颔联“无边落木萧萧下，不尽长江滚滚来”，其中“无边”对“不尽”，“落木”对“长江”，“萧萧下”对“滚滚来”，句型、句法、词义均对仗，而且没有拼凑的感觉，不是为了对仗而对仗，而是直抒胸臆一气呵成，足见作者深厚的文学功底。

另外，在作诗时，对仗的运用有宽有严，因而出现了各种不同的类型，有工对、邻对、宽对、借对、流水对、扇面对等。宽对与工对是相对的概念，宽对的对仗不是很工整。

词也是根据格律规定而用对仗的，但词的对仗与律诗的对仗有所不同，不是所有词都要求对仗。而且有对仗要求的词既有必须严格对仗的，也有可对仗可不对仗的。比如，“渔歌子”的第三句和第四句必须对仗，“浣溪沙”后片的第一句和第二句必须对仗，等等。

对仗的使用增加了词语的表现力，让诗词更具韵味。我们在创作诗词时可以多加运用对仗，使写出的句子更具层次感，也更有音韵美。

第三章

流芳百世的诗人

一、酒中之仙——李白

李白（701—762），字太白，号青莲居士，世称谪仙人，是唐代著名浪漫主义诗人，被后世誉为“诗仙”。其性格豪放，喜欢饮酒作诗，一生作诗上千首。

李白的“仙”，首先表现在他诗的风格上。

李白是浪漫主义诗人的代表，擅长乐府诗和绝句等。他的诗豪迈奔放，清新飘逸，诗中常常运用想象、夸张、比喻、拟人等修辞手法，给人以神奇、雄壮的意境。

比如下面这些诗句，《望庐山瀑布》中的“飞流直下三千尺，疑是银河落九天”，《秋浦歌》中的“白发三千丈，缘愁似个长”，《夜宿山寺》中的“危楼高百尺，手可摘星辰”，《梦游天姥吟留别》中的“天姥连天向天横，势拔五岳掩赤城。天台四万八千丈，对此欲倒东南倾”，等等。

诗人形容瀑布的壮观，就用“三千尺”，像是天上的银河落了下来；形容头发的长度就用“三千丈”，这得有多少的忧愁才能长出这么长的白发；形容山顶的寺庙高，就说“高百尺”，仿佛一伸手就能够到星星；提到天姥山的雄伟，就连四万八千丈的天台山都要拜倒。

李白的想象力既丰富夸张又与现实相结合。他将许多景色、事物用比喻和夸张的修辞手法形象地在诗中表现出来，令人不禁赞叹他高超的表达能力。

其次，李白的“仙”表现在性格上。

李白的“仙”，主要在于他不受礼教束缚，敢于表达。李白性格豪放不羁，从他的许多诗句中我们都能感受到。比如，《庐山谣寄卢侍御虚舟》中的“我本楚狂人，凤歌笑孔丘”，《南陵别儿童入京》中的“仰天大笑出门去，我辈岂是蓬蒿人”，《将进酒》中的“人生得意须尽欢，莫使金樽空对月。天生我材必有用，千金散尽还复来”。高兴就仰天大笑，人生得意就要开怀畅饮，好一个畅快恣意的人生！

杜甫专门写了首《饮中八仙歌》赞誉李白：“李白斗酒诗百篇，长安市上酒家眠。天子呼来不上船，自称臣是酒中仙。”杜甫的诗将一个酒中仙人的形象呈现在我们面前：

嗜好饮酒，酒后诗兴大发，可作诗百篇，而且就连皇帝召见也不上船，豪迈地说自己是酒中仙。

最后，人们期盼他得道成仙。

李白少时便学习道教，他的诗句中流露出许多对人生问题的思考和感悟。

比如，《把酒问月》中的“今人不见古时月，今月曾经照古人”，《悲歌行》中的“天虽长，地虽久，金玉满堂应不守。富贵百年能几何，死生一度人皆有”，《江上吟》中的“功名富贵若长在，汉水亦应西北流”。

功名富贵都是浮云，人生难免一死，所以不要追逐和留恋这些身外之物，更应该学习侠客的淡泊名利，“事了拂衣去，深藏身与名”。

至于李白最后是不是得道飞升，并不重要，那只是人们对李白最后归宿的美好期盼。不过如果真的有神仙，也就是李白的样子吧。

二、诗中有画——王维

王维（701—761），字摩诘，号摩诘居士，河东蒲州（今山西永济西南蒲州镇）人，唐代著名诗人、画家。

王维不仅擅于作诗，还精通书法、绘画、音乐等，是一位不折不扣的才子。王维喜欢参禅，也因此被后世称为“诗佛”。他的诗画都有很高的成就，且能够融会贯通，被人称赞为“诗中有画，画中有诗”。

王维的诗被称为“诗中有画”，主要指他所作的山水田园诗。他的田园诗代表作有《山居秋暝》《田园乐七首》等。

“空山新雨后，天气晚来秋。明月松间照，清泉石上流。竹喧归浣女，莲动下渔舟。随意春芳歇，王孙自可留。”《山居秋暝》这首诗描写的是一个秋高气爽的傍晚，山中秋雨初晴，月亮爬出山涧，照着山中的松树和流淌于山石上的泉水。这时竹林中传来一阵阵欢声笑语，原来是一群洗衣归来的姑娘。荷塘中密集的莲叶被分向两旁，原来是打鱼回来的船儿。任凭春天的花草凋零，眼前美好的秋景就足以让人流连。

这首诗开头四句写的是雨后的山中美景，空山、明月、清泉，诗人仅用几个具体的意象就表现出秋雨过后山间的静谧和谐，这是视觉上的感受。就在这时，突然出现的声音打破了这种宁静，竹林中的喧闹，船桨轻柔地拨动溪水的声音，使人的感官由视觉转为听觉。

这首诗将山景与人景、动景与静景完美地融合在一起，描绘了一幅生动的山水画。画中有雨后空山的寂静与清新，有月光透过松树的缝隙洒下来，有清澈的泉水在山石上缓缓流淌，有竹林那边喧闹归来的洗衣女，有小船划过荷塘，身后留下摇曳的莲叶和一条长长的波纹。这真是诗中有画的最佳诠释。

王维的其他诗作也无不体现出这种意境。

比如，“人闲桂花落，夜静春山空。月出惊山鸟，时鸣春涧中。”（《鸟鸣涧》）无声飘落的桂花显出山中的寂静，突然传出的鸟鸣声打破了这种宁静，但随着鸟儿飞远，山中又恢复宁静，偶尔的鸟叫声更凸显了山中的空寂。

又比如，“空山不见人，但闻人语响。返景入深林，复照青苔上。”（《鹿柴》）幽静的山林里看不见人，但是却能听到远处有人在说话。这一两声人语过后，山中显得更为寂静，只有夕阳的余晖透过密密的树林照在青苔上。

再比如，《积雨辋川庄作》中的“漠漠水田飞白鹭，阴阴夏木啭黄鹂”，《送元二使安西》中的“渭城朝雨浥轻尘，客舍青青柳色新”，等等。我们阅读这些诗句，就像是在观赏一幅幅清新淡雅的山水画。

除了诗中有画，王维的诗中还常常流露出一种禅思和禅趣。这些美好的画面多是静谧和谐的，抚慰人心，给人独特的美感。

同时，这样幽静的居所也会洗涤人的心灵。他在《竹里馆》中写道：“独坐幽篁里，弹琴复长啸。深林人不知，明月来相照。”一个人独坐在月光下弹琴高歌，这是一种怎样的心境！难怪王维能参禅悟道。

除了山水诗，王维还写过许多其他类型的诗作，比如送别诗、塞外诗等，也都别具一格。他的其他类型的诗作中也常常出现写景的佳句，这可以说是他非常明显的个人特色。

三、诗中之圣——杜甫

杜甫（712—770），字子美，自号少陵野老，唐代伟大的现实主义诗人，与李白合称“李杜”。杜甫终年五十九岁，流传下来的诗有近一千五百首。他的诗被称为“诗史”，本人被尊为“诗圣”。

杜甫之所以被称作“诗圣”，源自他深刻的儒家思想印记。

杜甫是一位深受儒家思想和家族传统思想影响的诗人。所以他的身上始终拥有儒家文人的那种“先天下之忧而忧”的社会责任感。

他在《进雕赋表》说：“自先君恕、预以降，奉儒守官，未坠素业矣。”“奉儒”是家族崇儒的观念，“守官”则是家族成员投身仕途的传统。所以杜甫的一生都在为实现这种“素业”而努力。

青年时代的杜甫，踌躇满志，想要入仕途报效国家。

他在游览祖国的大好河山时来到五岳之尊的泰山，面对雄伟壮丽的泰山，他意气风发，写下了千古佳作《望岳》。诗中的豪言壮语“会当凌绝顶，一览众山小”展现出杜甫不怕困难，一定要登顶俯视众山的雄心和壮志，也展示出他想要发挥自己的才干，在朝廷中做一番事业的远大抱负和宏伟志向。

从一个充满斗志的理想青年变为一个忧国忧民的现实主义诗人，转折点是杜甫入仕受到挫折，宦途失意，报国无门。

天宝六载（747 年），唐玄宗昭告天下要招揽英才，杜甫满怀期望来到长安应试。结果当时的宰相李林甫排斥贤才，参加考试的才子全部落选，杜甫开始了长达十年挨饿受冻的困苦生活。虽然科举的道路行不通，也对朝廷有所失望，但是他与生俱来的强烈社会责任感，又使他振奋精神，继续谋求入仕的道路。“男儿生世间，及壮当封侯。”“丈夫誓许国，愤惋复何有！功名图麒麟，战骨当速朽。”“丈夫四方志，安可辞固穷。”这些诗句无一不反映出杜甫身上那种渴望济世扬名、建功立业的志向。同时，经过了现实的打击，他不再像年轻时那样充满浪漫的想法，而是将目光转向现实，开始关心民间疾苦。这期间他写出了《兵车行》《丽人行》等反映现实的作品。

安史之乱期间，杜甫为躲避战乱，历尽艰险，却仍然时刻关心国家大事。他在登岳阳楼时，想到国家战乱就“凭轩涕泗流”。同时，因为与人民生活贴近，所以看到战乱给人民带来的灾难后他感慨万千，写出了《春望》和“三吏”“三别”等壮丽的诗篇。这些诗篇都反映出杜甫所秉持的儒家仁政思想。

杜甫人生最后的十几年是在漂泊中度过的。他放弃了华州司功参军的职务，几经辗转来到成都，在那里盖了一所草堂安身。有一天，他的茅屋被呼啸的秋风吹散，全家遭受风吹雨淋。杜甫彻夜难眠，写下了《茅屋为秋风所破歌》。其中最为著名的诗句为：“安得广厦千万间，大庇天下寒士俱欢颜！”在自己的茅草房子都被风吹得七零八落的时候，杜甫心里想的还是天下的寒士。这与儒家“穷则独善其身，达则兼善天下”的思想不谋而合。

虽然杜甫一心想要入仕建功立业，奈何生不逢时，不受赏识，只当过几任小官。唐朝的朝廷中少了一个大臣，却成就了一位伟大的现实主义诗人，并在中华诗词史上留下了一座不可逾越的高峰。

四、直白易懂——白居易

白居易（772—846），字乐天，号香山居士，又号醉吟先生，生于河南新郑，祖籍山西太原。白居易是一位伟大的现实主义诗人，他的诗作题材广泛，语言风格上最突出的特点就是通俗易懂。

相信很多人都学过这样一首诗："离离原上草，一岁一枯荣。野火烧不尽，春风吹又生。"这就是白居易所作的《赋得古原草送别》。这首诗是说原野上长满了茂盛的青草，年年春天发芽秋冬枯萎，就算是被野火烧过，到了春天又会焕发生机。诗句用词直白，相信即便没有上面的解释，我们阅读和理解起来也没有什么困难。

白居易的诗题材广泛，但是大都遵循直白易懂的原则。

除了前面这首《赋得古原草送别》，还有写景色的《暮江吟》："一道残阳铺水中，半江瑟瑟半江红。可怜九月初三夜，露似真珠月似弓。”这首诗描绘的是太阳快要落山时的江边景色。夕阳照耀着江水，江水一半呈碧绿，一半呈橘红。九月初三的夜晚像弯弓一样的月亮升起，因为气温降低，草叶上凝结了像珍珠一样晶莹的露珠。写给朋友的闲适诗《问刘十九》:“绿蚁新醅酒，红泥小火炉。晚来天欲雪，能饮一杯无？”诗人悠闲地坐在红色的火炉旁，边上放着新酿好的酒。天色渐晚，风雪欲来，诗人发出了邀请，问朋友要不要来他家小酌一杯。整首诗搭配巧妙，温馨舒适的生活场面更是让人心生向往。

为什么白居易诗作的风格偏向直白呢？这与他“文章合为时而著，歌诗合为事而作”的思想有关，他认为文章与诗要么反映时事，要么反映现实。他写诗的目的很明确，就是要补察时政，教化民众。正所谓:“为君、为臣、为民、为物、为事而作，不为文而作也。”他想通过反映时事和现实的诗作，让统治者体会政治得失和世事的变迁，所以他的诗作多有反映现实的名篇。

比如《秦中吟》，这是他“兼济”思想高涨的时候写的一组讽喻诗。他从婚姻、赋税、人情、官场等不同的方面下笔，反映了当时的政治问题和民间疾苦，也表达了对百姓生活困苦的同情和对国家的担忧之情。同时，他也借此向朝中反映问题，希望能有人改变这种现状。

值得一提的是他的长篇叙事诗《长恨歌》和《琵琶行》，这两部作品都是经久流传的名篇。

有人可能觉得诗词要想写得华丽很困难，但是要想写得直白很简单，其实不然。白居易的诗浅显易懂也是他刻意修炼的结果。北宋文学家张耒曾说："世以乐天诗为得于容易，而耒尝于洛中一士人家，见白公诗草数纸，点窜涂抹，及其成篇，殆与初作不侔。"可见要达到浅显又朗朗上口的效果，是需要经过反复修改的。

据说白居易写诗时为了达到通俗易懂的效果，常常请教没有文化的老妇人。白居易每当写出新的诗作，都会先问老妇人是否能听懂，老妇人说能听懂，他就采纳；老妇人说听不懂，他就进一步做修改，直到老妇人能听懂。

白居易的这些努力没有白费，他的诗作因为贴近现实又简练易懂得到了广泛的传播。白居易去世时，唐宣宗李忱写诗悼念他："缀玉联珠六十年，谁教冥路作诗仙。浮云不系名居易，造化无为字乐天。童子解吟长恨曲，胡儿能唱琵琶篇。文章已满行人耳，一度思卿一怆然。"由此可见白居易诗作的影响力。

五、爱国诗人——陆游

陆游（1125—1210），字务观，号放翁，越州山阴（今浙江绍兴）人，南宋时期著名的爱国诗人。陆游具有多方面的文学才能，其中诗的成就最高，产量也最多，现存世的有九千多首。

陆游出生时正赶上战乱，那时北宋灭亡，少数民族建立的金国占据了中原，赵构逃到了南方，在杭州建立了南宋。所以年少的陆游就经历了战乱并背井离乡。家国的不幸使他心中早早树立了抗击金兵、收复故土的信念，并且一生都在为驱逐金兵、收复河山而奋斗，这从他的诗作中可以反映出来。

当得知南宋收复了西京洛阳时，他兴奋地写下《闻武均州报已复西京》:“白发将军亦壮哉，西京昨夜捷书来。胡儿敢作千年计，天意宁知一日回。列圣仁恩深雨露，中兴赦令疾风雷。悬知寒食朝陵使，驿路梨花处处开。”

此时的陆游对收复失地信心满满：收复西京的捷报传来了，金人想要永远占领中原简直是痴心妄想，上天都在保佑大宋。照着这样的形式，明年清明为先帝扫墓的使者都能直接穿过梨花盛开的驿道到达洛阳了。

陆游心心念念的都是抗击金兵，他希望南宋统治者能主动出击，但是世事却不像他期望的那样。南宋的统治者并不热衷于收复故土，他们退到临安偏安一隅，根本不提收复国家的事。这让陆游痛心疾首，于是他提笔写下这首《关山月》："和戎诏下十五年，将军不战空临边。朱门沉沉按歌舞，厩马肥死弓断弦。戍楼刁斗催落月，三十从军今白发。笛里谁知壮士心，沙头空照征人骨。中原干戈古亦闻，岂有逆胡传子孙！遗民忍死望恢复，几处今宵垂泪痕。"

一边是豪门贵族歌舞升平，不思收复河山；一边是戍边战士从青春到白发，依旧报国无门；一边是金人占据中原繁衍生息，而百姓盼望回归故土。陆游用三个对比鲜明的场景痛斥了南宋朝廷不思复国态度，展现了将士报国无门的痛苦、无奈和百姓复国的愿望，也体现了他忧国忧民、渴望统一的爱国情怀。

个人意志终究难以对抗残酷的现实，收复中原可能只是一个梦想，陆游没有办法，只能写诗来表达悲愤。于是就有了这首千古名篇《书愤》:“早岁那知世事艰，中原北望气如山。楼船夜雪瓜洲渡，铁马秋风大散关。塞上长城空自许，镜中衰鬓已先斑。出师一表真名世，千载谁堪伯仲间！”

陆游说自己年轻的时候不知道世事艰难，向北望着中原，收复失地的信念像山一样坚定。他还记得那些抗击金兵的戎马生活和传来的捷报。早年自己还立志为国家扫除边患，如今鬓发都已斑白，当年的期盼都成了空谈。但他还是盼望着有一位像诸葛亮一样的人物，北上中原收复失地。

陆游因为主战，得不到重用，或被迫辞官或被罢官，过着失意苦闷的生活。但就算是自己生活窘迫，依旧想着收复中原。这种想法在他的诗《十一月四日风雨大作》中就有所体现。

陆游死前仍然惦记着国家统一，他最后留给儿孙的是这样一首诗:“死去元知万事空，但悲不见九州同。王师北定中原日，家祭无忘告乃翁。”

陆游说他死前什么都不在乎，但只有一件事放不下，就是没能看见国家统一。等大宋的军队收复失地的那一天，一定要举行家祭，把这个好消息告诉他，他才能瞑目。

陆游一生致力于报效祖国，无奈仕途不畅，只能将强烈的爱国之情和壮志未酬的忧愤寄于诗中。

陆游一生笔耕不辍，除了豪放充满爱国情感的诗，还留有大量的田园诗。晚年回到山阴后，他的诗风趋向质朴，充满了田园风格。他擅长在生活中发现美，不管是田园风光还是日常生活，都能写入诗中。他罢官闲居在家时所写《游山西村》既洋溢着田园乐趣又富含哲理，其中“山重水复疑无路，柳暗花明又一村”更是成为广泛流传的名句。可以说他的诗涵盖面非常广，涉及生活的方方面面，而且对后世影响深远。

六、活泼自然——杨万里

杨万里（1127—1206），字廷秀，号诚斋，世称诚斋先生，吉水（今属江西）人，南宋诗人，“中兴四大家”之一。他的诗语言清新，活泼自然，自成一格。

说起杨万里的诗作，每个人可能都会吟出几句：“接天莲叶无穷碧，映日荷花别样红。”（《晓出净慈寺送林子方》）“小荷才露尖尖角，早有蜻蜓立上头。”（《小池》）“儿童急走追黄蝶，飞入菜花无处寻。”（《宿新市徐公店》）

这些诗自然清新，仿佛信手拈来。杨万里的诗之所以能够达到这样的境界，与他好学勤练和深厚的知识积累分不开。杨万里多次拜人为师，向前辈学习，但是他又不拘泥于前辈的风格和学识，并且立志要超过他们。杨万里的博学多闻和创新精神，使他的诗风独具一格。

除了清新自然的写景诗，杨万里还著有大量的爱国诗篇。

杨万里生活的年代和陆游几乎是重叠的，所以两人面对的时代背景相同，都是宋室被金国逼到江南，面临着是要安身自保还是积极抗战的局面。杨万里同陆游一样也是主战派，反对一味地求和。

但是杨万里的爱国诗作和陆游的风格完全不同。面对国家残破的现状陆游是直抒胸臆，慷慨激昂，沉郁愤懑；杨万里虽然心中充满悲愤，但是落到诗上却多隐忍含蓄。

比如杨万里在《初入淮河四绝句·其二》中写道："刘岳张韩宣国威，赵张二相筑皇基。长淮咫尺分南北，泪湿秋风欲怨谁？"这首诗是说刘锜、岳飞、张俊、韩世忠等将领抗金宣示了国威，赵鼎和张浚两位贤相奠定了国家基业。而现在却出现了淮河两岸咫尺之间南北分裂的结局，人们只能在秋风中洒泪。得到这样的结果应该怨恨谁呢？杨万里用这种欲抑先扬的写作手法委婉地表达了对南宋朝廷的谴责。

又如他在《过扬子江》中写道："携瓶自汲江心水，要试煎茶第一功。"结合前面描写的景象与提到的英雄，可以明白这句话是说江山空在，英雄不在，国家形势已经这样，做什么都徒劳无益，还不如喝面前的这一杯茶。

杨万里性格刚正，敢于直言，经常指出朝廷时政的弊端，因而遭到皇帝和周边人的厌烦，所以始终没有得到朝廷的重用。后来杨万里因得罪了朝中官员，再加上对朝廷的失望和官场的厌倦，称病辞了官，回到老家幽居，从此远离了官场。

七、民族英雄——于谦

大家都听过于谦老师的相声吧？但是我们现在说的于谦可不是相声演员于谦，而是明代著名的诗人、军事家于谦。

于谦（1398—1457），字廷益，号节庵，官至兵部尚书，加少保，世称于少保，浙江杭州府钱塘县（今浙江省杭州市）人，明朝名臣，民族英雄。

明永乐十九年（1421 年），于谦中了进士，从此踏上了仕途。宣德元年（1426 年），汉王朱高煦在乐安州起兵谋叛，于谦随明宣宗朱瞻基亲征平定叛乱。朱高煦出降后，于谦奉命申斥他的罪行。于谦义正词严、声色俱厉，使得朱高煦“伏地战栗，称万死”，因而受到明宣宗赞赏。宣德五年（1430 年），于谦被提升为兵部右侍郎，并巡抚河南、山西。明英宗时遭到奸人诬陷入狱，后在众人的请求下才被释放出狱，回到朝廷任大理寺少卿，后又恢复河南、山西巡抚之职。土木之变，明英宗被俘，于谦力排南迁之议坚守北京，后升至兵部尚书。瓦剌大军用英宗要挟于谦，逼他议和，他仍未退兵，最后迫使瓦剌放了英宗。最后虽和瓦剌议和，但是于谦仍不放松，继续操练士兵，驻守边境。

于谦一生重名节，轻名利，以文天祥为自己的榜样，忧国忧民，身先士卒，誓死保卫国家。最能代表于谦品格的诗作就是《石灰吟》:“千锤万凿出深山，烈火焚烧若等闲。粉骨碎身浑不怕，要留清白在人间。”

这是一首托物言志诗，作者表面上是在歌咏石灰，其实是借物喻人，以石灰的精神来比喻自身，表达自己为国尽忠、不怕牺牲的意愿和决心，也表现了作者品行的高洁。整首诗没有华丽的辞藻，一气呵成，仿佛是作者随口吟出，却饱含了其积极进取的态度和大无畏的精神，具有很强的感染力。

景泰八年（1457 年），英宗复辟，大将石亨等诬陷于谦谋立襄王之子，使其含冤遇害。一代名臣最后落得如此下场，真是令人唏嘘。但是真金不怕火炼，《明史》中就称赞于谦“忠心义烈，与日月争光”。岁月流转，大浪淘沙，历史终会铭记于谦的功绩与品格。

八、江南才子——唐寅

《唐伯虎点秋香》可谓喜剧电影中的经典之作，影片中周星驰扮演的唐伯虎更是给我们留下了深刻的印象。戏说终归是戏说，不是真实的历史。那么历史上的唐伯虎是什么样的？大家对这位真实的明代才子又了解多少呢？

唐寅（1470—1524），字伯虎，一字子畏，号六如居士，吴县（今江苏苏州）人，明代著名的诗人、画家、书法家。

明成化二十一年（1485年），唐寅以苏州府试第一名的成绩进入府学读书。弘治十一年（1498年），他在应天府乡试中获得了解元，后进京参加会试。弘治十二年（1499年），他因卷入科场舞弊案，被判入狱。从此以后他丧失了科场考试的信心，开始游荡江湖，并且开始诗画创作，最终显现出超人的才能，诗书画均有很高的成就，成为一代名家。

唐寅的画作有山水画、人物画和花鸟画。他的山水画融汇南北画派的风格，却又形成了自己的风格，笔墨娟秀，风格秀逸清俊；人物画继承唐代的传统，色彩艳丽，人物体态优美；花鸟画擅长写意，有洒脱飘逸之感。

在绘画上唐寅和沈周、文徵明、仇英并称“明四家”。唐寅绘画的代表作品有《山路松声图》《江南农事图》《双松飞瀑图》等。

唐寅的书法丰润灵活，有一种天真自然的美，书法代表作有《落花诗册》。

除了绘画和书法，唐寅在诗文上的成就也很高，这也是他被称为“吴中四才子”之一的原因。

唐寅的诗作多是游记、题画、感怀等。早期的作品有六朝骈文的风格，比较工整华丽。因科场舞弊案入狱后，他的诗风发生改变，诗作多了伤感气息，而且大量采用口语，其中还多含傲然不平之气。其代表诗作有《百忍歌》《上吴天官书》《江南四季歌》《桃花庵歌》《一年歌》《闲中歌》等。

他的诗还有许多是为歌伎所写，如《花酒》《寄妓》《哭妓徐素》《代妓者和人见寄》《玉芝为王丽人作》等。

他的诗作中流传最广的为《桃花庵歌》:“桃花坞里桃

花庵，桃花庵里桃花仙。桃花仙人种桃树，又折花枝当酒钱。酒醒只在花前坐，酒醉还须花下眠。花前花后日复日，酒醉酒醒年复年。但愿老死花酒间，不愿鞠躬车马前。车尘马足贵者趣，酒盏花枝贫者缘。若将富贵比贫贱，一在平地一在天。若将贫贱比车马，他得驱驰我得闲。世人笑我忒风癫，我笑世人看不穿。记得五陵豪杰墓，无酒无花锄作田。”该诗作于弘治十八年（1505年），全诗画面艳丽，风格清俊，意蕴深远，虽然多是花、桃、酒等字眼，但毫无低俗之感，表达了作者追求自由、淡泊功名的态度。

晚年的唐寅过得比较潦倒，经常需要朋友的接济，最后在嘉靖三年病逝，只活了五十四岁。

九、不拘一格——龚自珍

龚自珍是清代著名的诗人，乡试、会试多次落第，曾任内阁中书、礼部主事等官职，辞官以后却显示出优秀的创作才能，并留下爱国诗作《己亥杂诗》。

龚自珍（1792—1841），字璱人，号定盦，浙江仁和（今杭州）人，晚年居住在昆山羽琌山馆，又号羽琌山民，清末思想家、文学家，改良主义的先驱者。

清乾隆五十七年（1792 年），龚自珍出生在浙江仁和的一个官宦家庭。龚自珍的祖父、父亲、母亲等都很有文学修养，他从小受家人的熏陶，喜爱诗文，八岁就开始研究经史和小学。

龚自珍虽然满腹才华，仕途却并不顺畅。

龚自珍曾屡次参加乡试，均名落孙山，后来在嘉庆二十三年（1818 年）中了举人，但是接连两年会试都没通过，最后以举人的身份做了内阁中书。道光九年（1829 年），第六次会试时龚自珍终于考中了进士。在最后的殿试时，他怀着一腔热情写了一篇《御试安边绥远疏》，对平定张格尔叛乱后的新疆如何治理提出自己的见解。谁知道阅卷的老师是个有名的“多磕头、少说话”的老油条，他看到龚自珍的文章后大惊失色，最后以龚自珍的书写字体不工整为由，将其置于第三甲，拒于翰林院之外。龚自珍只能继续当内阁中书。

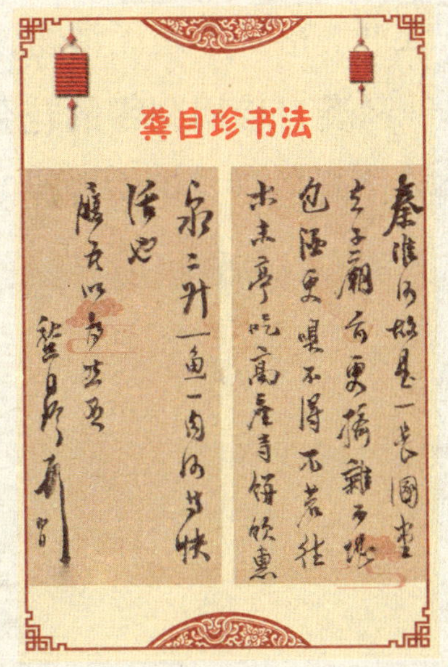
龚自珍书法

龚自珍因常常直言时弊，不断遭到排挤。道光十九年（1839 年），四十七岁的龚自珍结束了二十年的官场生涯，辞官回家。

在回家的途中，龚自珍百感交集，写下了许多饱含激情、忧国忧民的诗文，于是便有了著名的《己亥杂诗》。

《己亥杂诗》是一组诗，共三百一十五首，其中许多诗在抒情中蕴含议论，在呼唤、批判中抒发感慨，表明态度，寄托心愿。

比如《己亥杂诗·其一百二十五》：“九州生气恃风雷，

万马齐喑究可哀。我劝天公重抖擞，不拘一格降人才。”这首诗是龚自珍看到民间举行赛神活动后所作，表面是写要上天振奋精神，给人间降生更多有用的人才，实际是希望当时的清政府能进行改革，不要拘泥于常规，要大胆地启用有思想的人才。

龚自珍虽然离开官场，但是他回到家乡后致力于讲学和培养下一代的学子。所以虽然有离愁别绪，但辞官还乡未尝不是一种新的开始，让他对新生活充满希望。于是他写下《己亥杂诗·其五》:“浩荡离愁白日斜，吟鞭东指即天涯。落红不是无情物，化作春泥更护花。”

龚自珍用凋零的花朵比喻自己，但并不是表现伤春悲秋，而是要“化作春泥”培养下一代的花朵。由此可见诗人的心胸和思想境界。

第四章

名扬天下的词人

一、奉旨填词——柳永

柳永（约 984—约 1053），原名三变，字景庄，后改名永，字耆卿，崇安（今福建省武夷山市）人，北宋词人，婉约派代表人物。

柳永出身官宦世家，年少时便学习诗词，而且立志要考取功名。咸平五年（1002 年），柳永离开家乡进京参加考试，但因为迷恋都市的繁华生活而耽误了考试，滞留在杭州，然后开始沉醉于听歌买笑的生活之中。咸平五年至景德四年（1002—1007 年），柳永一路边走边游山玩水，结交朋友，陆续在杭州、苏州、扬州等地度过了一段放浪的时光。

直到大中祥符元年（1008 年），柳永终于到达汴京。第二年，柳永信心满满地参加科举考试，觉得自己一定能高中，结果他的文章却遭到了皇帝的批评。柳永第一次考试失败了。往后的三次考试，柳永依然名落孙山。第四次考试失败后，柳永彻底失望，便离开了汴京。这时距他刚到汴京时已经过去了十六年。

或许是怀念当初的生活，天圣七年（1029 年）柳永又重新回到汴京。但是这次回来已经物是人非，最后他又落寞地离开了，然后开始游历西北。景祐元年（1034 年），柳永听说朝廷开恩科，放宽了录取条件，又赶往京城。这一次已到暮年的柳永终于中了进士，开始了仕途之旅。

皇祐元年（1049 年）之前，柳永一直都在各地当官。皇祐二年（1050 年），柳永官至屯田员外郎，然后就此告老还乡，所以后世也称他为“柳屯田”。

多年的羁旅生活给了柳永许多创作的灵感。柳永的词多是慢词，节奏舒缓，是宋代婉约词的代表。因为慢词可以层层刻画，所以他将写赋的手法运用到慢词中，尽情铺叙。他大力创作慢词，使慢词与小令平分秋色。在词的语言表达上他运用了很多现实中的俗语和口语，通俗易懂，使人有亲切之感。

柳永是第一位对宋词进行全面改革的词人，他的词对后世词人产生了非常大的影响，就连苏轼、黄庭坚、秦观等著名词人也都受柳永词的启示和影响。

柳永的词大多来自生活，主要内容包含男女感情、市井生活、羁旅行役。他的词中有大量描写男女之间情感的作品，而其中的女主人公多是沦落到青楼的女子。或许是与柳永的亲身经历有关，他对这些平民女子充满关切，用词诉说她们的幽怨苦闷。柳永在汴京的时候曾和一个歌女有过一段感情。第四次考试失败后他终于决定离开京师，在与恋人离别时写下了著名的《雨霖铃·寒蝉凄切》。

柳永存世的词作中，涉及歌女的就有一百多首。这些女子的不幸遭遇激发了柳永的创作热情，促成了他的词风，并且使词走向大众化，同时也奠定了他的文学地位。

二、豪放婉约兼修——欧阳修

欧阳修（1007—1072），字永叔，号醉翁，晚年号六一居士，吉州吉水（今属江西）人，景德四年（1007年）出生于绵州（今四川绵阳），北宋政治家、文学家。

欧阳修四岁的时候，父亲欧阳观就去世了，母亲带着他投奔叔叔欧阳晔。欧阳修的童年启蒙就是从母亲用芦秆当笔在沙地上教他写字画画开始的。欧阳修的叔叔品性正直，廉洁自持，对他的性格产生了很大影响。

十七岁时欧阳修首次参加科举考试，但是落榜了。三年后的第二次考试还是没考中。好在有贵人相助，欧阳修的老师胥偃保举他就试于开封府国子监。当年秋天，他参加国子监的考试时获得了第一名。天圣八年（1030年），他在省试中获得第一，第二年顺利通过殿试，进士及第。

欧阳修为官之初，过了一段悠闲的生活，但从支持范仲淹改革开始，仕途开始坎坷起来。改革受挫，范仲淹被贬饶州（今江西鄱阳），欧阳修也受到牵连被贬到峡州夷陵（今湖北宜昌）。后来范仲淹等人推行新政失败，欧阳修因为替范仲淹说情，又被贬到了滁州（今安徽滁州）。

庆历五年（1045 年），欧阳修在滁州写下了不朽名篇《醉翁亭记》，其古文艺术达到成熟。

欧阳修的词作继承南唐的艺术风格，但是又有所创新和发展。

他的词作中大多数是表现男欢女爱、离别相思以及歌舞宴乐的；词也多以小令为主，这是受南唐词影响的表现；但他会在所写男女之情中歌颂爱情，而且关注平民妇女，这是他进步的地方。同时，欧阳修注重人物心理的刻画，尤其擅长通过动作、神态描写，刻画人物的情感。其代表作有《生查子·元夕》《蝶恋花·庭院深深深几许》《玉楼春·尊前拟把归期说》等。欧阳修的词对后世的秦观、李清照等有较大影响。

除此之外，欧阳修的词作中有咏史、咏物等题材，还有以社会现实为题材的。他乐观旷达的人生态度和用词来言志抒怀的方式对苏轼有着直接的影响。

说到苏轼，欧阳修与苏轼之间还有一个小故事。

嘉祐二年（1057年），欧阳修担任礼部贡举的主考官，这次考试中有他的学生曾巩，还有苏轼。当时的欧阳修并不认识苏轼。欧阳修在批阅试卷的时候发现一份亮眼的答卷，文章语言流畅，文风平实，说理透彻。他以为这是自己的学生曾巩的答卷，为了避免别人说他徇私，就把这份答卷判了个第二名。等最后揭晓时，他才发现这名学子是苏轼。苏轼中了进士后，还特意给欧阳修写了一封感谢信。欧阳修的慧眼识才使得苏轼、苏辙、曾巩等一大批人才在这次考试中脱颖而出，成为国家栋梁。欧阳修堪称千古伯乐，“唐宋八大家”中宋代的五个人均出自他的门下，包拯、司马光等人都得到过他的提携和推荐。

欧阳修在中国文学史上有着极其重要的地位。他乐观旷达的人生态度和用词抒情的方式对后世的词作有很大的影响。他大力倡导北宋诗文革新运动，并为其建立了正确的指导思想，同时结束了自南北朝以来骈文的统治，为之后古文的发展开辟了新的道路。

三、千古风流——苏轼

苏轼（1037—1101），字子瞻，一字和仲，号铁冠道人、东坡居士，世称“苏东坡”，眉州眉山（今属四川）人，北宋著名文学家、书法家、画家。

嘉祐二年（1057 年），二十岁的苏轼考中进士，开始了他的仕途生涯。宋神宗的时候苏轼曾先后在凤翔、杭州、密州等地任职，后仕途开始出现坎坷，元丰二年（1079 年），因为“乌台诗案”被捕入狱，数月后获释，遭到贬谪。宋哲宗时他被启用，先后任中书舍人、翰林学士知制诰等。晚年时他因新党执政又被贬谪，宋徽宗时被赦免，但是在北归途中病逝。

虽然仕途不顺，但是苏轼在文学上却取得了斐然的成就，是不可置疑的文坛领袖。苏轼堪称全才，诗、词、散文、书、画样样精通，都取得了很高的成就，尤其是在文、诗、词方面有极高的造诣。

苏轼的诗清新豪健、自成一体，与黄庭坚并称“苏黄”；词创立了豪放一派，与辛弃疾并称“苏辛”；散文方面与欧阳修并称为“欧苏”，同列“唐宋八大家”；他还擅长书法，与黄庭坚、米芾、蔡襄并称为“宋四家”；其绘画也极为有名，尤其是墨竹、怪石、枯木画得最好。

这里着重要提的是苏轼对“词”这一文学体裁的贡献。

苏轼在理论上破除了诗尊词卑的观念。自晚唐以来，文人们都有一种观念，那就是诗尊词卑。苏轼却认为诗词同源，本属一体，诗与词只是外在形式上有差别，但艺术本质和表现功能是一致的。因此他常常将诗与词相提并论，并用实际行动改变人们的观念。他开始扩大词的题材，不再局限于表现女性的柔情或者爱情的题材；在他的笔下，词的风格也开始追求壮美和宏大，他像写诗一样在词中抒发自我的真实情感。

苏轼认为词是无事不可写的，所以他不断扩大词的表现功能，丰富词的内涵。最终他的尝试与努力没有白费，词这个曾经被认为是“小道”的文学体裁，终于堂堂正正地走入了文学殿堂，与诗并驾齐驱。

苏轼对于词的贡献可谓非凡，他以一己之力提高了词的文学地位，扭转了词的发展方向；他还留下了许多千古名篇，比如《水调歌头·明月几时有》《念奴娇·赤壁怀古》《定风波·莫听穿林打叶声》等，都是他的代表作。

除了诗词、书法和绘画方面的成就，苏轼还是一个美食家。

流传最广的“东坡肉”便是苏轼的发明。苏轼被贬黄州时发现当地的猪肉非常便宜，但是富贵人家不屑于吃，平民百姓又不会做。于是他便将猪肉切成小方块，放上各种调料炖煮至红酥，这样猪肉吃起来香而不腻，入口即化。后来这种猪肉做法流传开来，因为是苏轼的发明，因此被称作“东坡肉”。

他还为此专门写了首词，读来非常明快又充满生活气息：“净洗铛，少著水，柴头罨烟焰不起。待他自熟莫催他，火候足时他自美。黄州好猪肉，价贱如泥土。贵者不肯吃，贫者不解煮，早晨起来打两碗，饱得自家君莫管。”

四、词国皇后——李清照

李清照（1084—约1151），号易安居士，齐州章丘（今山东省济南市章丘区西北）人，宋代女词人，婉约派代表人物，有“千古第一才女”之称。

李清照出身书香门第，从小就生活在文学氛围浓厚的家庭环境中，并受到了良好的教育。李清照的父亲是朝中的高官，年轻时的李清照可谓生活优渥。良好的生活环境和京都的繁华景象激发了她的创作热情，坚实的文学基础和过人的才华使她在词坛崭露头角。《如梦令·昨夜雨疏风骤》就是她早期在东京生活时写下的。“试问卷帘人，却道海棠依旧。知否，知否？应是绿肥红瘦。”这一首小令用词精妙，自然灵动，充分显示出了李清照的才华，一经面世便轰动了京城。

李清照十八岁的时候嫁给了与她父亲同在朝中为官的赵挺之的儿子赵明诚，开始了琴瑟和鸣的幸福生活。夫妻二人有共同爱好，致力于书画金石的搜集与整理。

婚后，因赵明诚是太学生，根据当时的太学制度，两人相聚很少。其后赵明诚在外做官，夫妻二人又分隔两地。其间李清照饱受相思之苦，于是写下了许多词作，主要用来表达孤独，抒发思念之情。比如“一种相思，两处闲愁。此情无计可消除，才下眉头，却上心头。”（《一剪梅·红藕香残玉簟秋》）“莫道不销魂，帘卷西风，人比黄花瘦。”（《醉花阴·薄雾浓云愁永昼》）

这些词作中蕴含的感情深沉细腻，我们能从中感受到词人的孤独与思念之情。

如果没有国家的变故和社会的动荡，或许李清照会在平静安逸中度过余生。可是金兵南下，占据了中原，李清照只得带着和丈夫搜集来的小部分书画金石珍品逃往南方，开始颠沛流离的生活。后来她又经历了丈夫去世、再嫁离婚、身陷囹圄等事情，最后孤独凄凉的在他乡去世。

李清照的词作风格从南渡开始发生了明显的变化。南渡后她的词作主要抒发伤时念旧的情感，寄托故国之思。比如《永遇乐·落日熔金》中的“中州盛日”，《菩萨蛮·风柔日薄春犹早》中的“故乡何处是，忘了除非醉”都流露出李清照南渡后对故国的思念之情。她将生活中的孤独和哀愁也都寄托在词中，比如《声声慢·寻寻觅觅》中的“寻寻觅觅，冷冷清清，凄凄惨惨戚戚”，《清平乐·年年雪里》中的“今年海角天涯，萧萧两鬓生华”，等等。

后世对李清照及其词作评价很高，称她为“词国皇后”。她在中国文学史上享有极高的声誉。诗人臧克家为李清照纪念堂题有一联：“大河百代，众浪齐奔，淘尽万古英雄汉；词苑千载，群芳竞秀，盛开一枝女儿花。”说她的文学成就远胜过古今无数男文学家，可谓十分恰当。

五、能文能武——辛弃疾

辛弃疾（1140—1207），原字坦夫，后改为幼安，中年后别号稼轩居士，历城（今山东济南）人，南宋将领，文学家，豪放派词人，有“词中之龙”之称。

辛弃疾出生在被金国占领的北方，他的祖父为保全族人，便在金国任职，但是内心却痛恨金国的侵略。辛弃疾受此影响，从小就立下恢复中原的志向。他青年时参与北方的抗金起义，后义军领袖耿京被叛徒所害，辛弃疾率50骑于5万金军中擒得叛徒，回归南宋。辛弃疾与陆游一样，主张收复北方失地，但是因为与朝廷主和派意见不同，屡次受到打击。又因为他是从金人所占地来投奔南宋的，所以不受重视。数次起落后，他辞官退隐。

辛弃疾武能上马杀敌，文能落笔成章。辛弃疾现存词作六百多首，是两宋存词最多的词人。辛弃疾的词不仅数量多，题材也非常广泛，政治、哲理、友情、爱情、田园风光、民俗人情、日常生活、读书感受等，目之所及，心之所系，他都写入词中，取材范围比苏词还要广泛。

因为辛弃疾心怀收复故土的信念，所以他的词中也多以国家、民族的现实问题为题材，抒发慷慨激昂的爱国之情。如《水龙吟·甲辰岁寿韩南涧尚书》《水调歌头·寿赵漕介庵》《满江红·建康史帅致道席上赋》等，表现了想要恢复祖国统一的豪情壮志；《贺新郎·用前韵送杜叔高》《菩萨蛮·书江西造口壁》《破阵子·为陈同甫赋壮词以寄之》等，表现了对北方地区的怀念和对抗金斗争的赞扬；《水龙吟·登建康赏心亭》《摸鱼儿·更能消几番风雨》《贺新郎·同父见和再用韵答之》《鹧鸪天·壮岁旌旗拥万夫》《永遇乐·京口北固亭怀古》等，表现了对南宋朝廷屈辱苟安的不满和壮志难酬的忧愤。

辛弃疾像与手迹《去国帖》

除了基调昂扬的爱国词作，辛弃疾的词作中不乏以生动细腻的笔触描绘田园风光、世情民俗的作品，比如《西江月·夜行黄沙道中》《清平乐·村居》。

辛弃疾一生以恢复中原为志，他把满腔激情和对国家兴亡、民族命运的关切、忧虑，全部寄于词作之中。同时他将词的题材范围扩大到生活的各个方面，开拓了词的意境，提高了词的文学地位。后世将辛弃疾与苏轼合称“苏辛”，与李清照并称“济南二安”。

六、落魄状元——杨慎

杨慎（1488—1559），字用修，号升庵，别号博南山人等。四川新都（今成都市新都区）人，明代文学家，明代三才子之首。

杨慎自幼就聪慧过人，七岁熟背唐诗，十一岁就会作诗，二十四岁时参加考试，文章出类拔萃，得中状元。

因为为人正直，不畏权势，杨慎在官场屡遭挫折。明武宗时，因劝说皇帝要专心朝政，却未受重视，杨慎愤而辞官。明武宗驾崩后明世宗继位。明世宗让杨慎回朝，并授他为经筵讲官。杨慎常借讲课的机会联系时政教导世宗，多有切中时弊的言论，为此世宗很不高兴。杨慎因耿直刚正为世宗不喜，虽有报国志，但难以施展。后来他又因议“大礼”之事被世宗厌恶充军云南永昌，终不得归。

杨慎在云南永昌度过了自己的后半生。虽然是戴罪之身，身处的环境也非常恶劣，但是他并没有消极颓废，而是充分发挥自己的文采和长处，写诗作词，还为当地的白族修史。这都体现了他豁达的人生态度。

三十余年，除了父亲生病和去世，杨慎经过允许回乡探望和治丧，其余时间都是在永昌度过。明世宗年间，曾经六次大赦天下，其中都没有杨慎的名字。杨慎对此也并未介怀，反而更加放浪形骸，这从他所作的《临江仙·滚滚长江东逝水》中就能看出来："滚滚长江东逝水，浪花淘尽英雄。是非成败转头空。青山依旧在，几度夕阳红。白发渔樵江渚上，惯看秋月春风。一壶浊酒喜相逢。古今多少事，都付笑谈中。"

这首词借历史兴亡抒发对人生的感慨，读来让人荡气回肠。杨慎觉得与漫长的历史相比，人的一生太短暂了，对也好，错也好，成也好，败也好，都会随江水流逝。不如拿一壶酒，和朋友一起畅饮谈笑。杨慎到了滇南后，除了这种咏史的词，前期多为抒发思念亲人、想要归家之情，以及叹世抒愤的作品；后期将自身感情寄托于友情和男女之情，以此来纾解内心的苦痛和乡愁，获得生活的乐趣。他的词作在风格上也有所改变。杨慎前期的词作风致婉丽，贬谪后则更为沉郁，当然也有旷达豪放的作品，可以说婉约和豪放兼有，但总体上来说还是属于婉约派的。

杨慎的词有一个特点，那就是“以词为曲”，也就是整篇词的感觉更接近散曲风格，词曲互融与互异。从另一个角度来说他的词回归了词的原生属性——配合乐曲而填写的歌诗。他既认同“曲者曲也，固当以委曲为体”，又赞同词体风格的多样化，因此对音律和谐的词作更为欣赏。他对婉约派词作的评价对后来词人的审美风格有很大的影响。

杨慎的《词品》是明代篇幅最大的一部词话，共六卷，内容丰富，涉及面较广。该书对两宋词人及其作品介绍论述较多，对后来的词人词作也有涉及但是相对较少。《词品》中对词调来源的考证、词作的校勘，以及对词调与内容关系的论述都有很高的文学价值，在词学史上产生了很大的影响，是中国词学史不可或缺的重要著作。

七、情深义重——纳兰性德

纳兰性德（1655—1685），原名纳兰成德，字容若，号楞伽山人，满洲正黄旗人，大学士纳兰明珠长子，清代满族杰出词人。

纳兰性德是妥妥的贵族之后，却没有富家子弟的坏毛病，反而从小饱读诗书，是一位才学出众的翩翩公子。

纳兰性德的仕途可谓顺风顺水，十七岁入国子监，十八岁中举人，十九岁成为贡士，二十二岁中进士。康熙皇帝欣赏纳兰性德的才能，便将其留在身边做了侍卫，并多次随他出巡。

随皇帝出巡期间，纳兰性德对沿途的风光和历史有感，作了许多著名的词作。比如《长相思·山一程》："山一程，水一程，身向榆关那畔行，夜深千帐灯。风一更，雪一更，聒碎乡心梦不成，故园无此声。"康熙二十一年

（1682 年），纳兰性德随康熙出关东巡，塞上天气恶劣，晚上驻扎时风雪交加，不禁勾起他对故乡的思念，于是写下了这首词。

再比如《忆秦娥·龙潭口》：“山重叠，悬崖一线天疑裂。天疑裂。断碑题字，苔痕横啮。风声雷动鸣金铁，阴森潭底蛟龙窟。蛟龙窟。兴亡满眼，旧时明月。”这首词和上一首一样作于东巡途中。纳兰性德看到眼前黑龙潭的景色，遥想到古人，不禁发出感叹。

纳兰性德是一位长情之人，他的夫人去世后，他写了很多首词来悼念她。比如他在《青衫湿·悼亡》中写道：“近来无限伤心事，谁与话长更？”在亡妻生辰时他写道：“尘满疏帘素带飘，真成暗度可怜宵。几回偷拭青衫泪，忽傍犀奁见翠翘。”（《于中好·十月初四夜风雨，其明日是亡妇生辰》）

纳兰性德不仅对爱情忠贞，对朋友也极为真诚。他喜欢结交那些落难的文人，常常对他们施以援手。因为他的仗义与真诚，身边聚集了许多的名士才子。纳兰性德有一处别院，名叫“渌水亭”，会聚了众多的文人，那里成为他们交流聚会的场所。

然而天妒英才，这样一位充满才华的词人，却只活了三十岁。康熙二十四年（1685 年）暮春时节，纳兰性德与好友相聚后一病不起，最后溘然而逝。

纳兰性德虽然只活了短短的三十年，但是却被称为“国初第一词手”，由此可见他在词作方面的成就。

纳兰性德现存词作三百四十余首，收录成集，名为《纳兰词》。《纳兰词》的内容以哀叹爱情、赠友抒怀、感慨边塞生活、写景状物、咏史等为主。他的词作清新娟秀，但是又有深切的哀怨情仇，风格和南唐后主李煜相近。

我们最后再来欣赏一下纳兰性德的名作《木兰花·拟古决绝词柬友》，感受词中的凄苦意境，感受女子被男子抛弃的哀怨，感受经典词作的魅力。

木兰花·拟古决绝词柬友

人生若只如初见，何事秋风悲画扇。
等闲变却故人心，却道故人心易变。
骊山语罢清宵半，泪雨霖铃终不怨。
何如薄幸锦衣郎，比翼连枝当日愿。

第五章

诗词中的故事

一、李白被骗的故事

赠汪伦

［唐］李　白

李白乘舟将欲行，忽闻岸上踏歌声。
桃花潭水深千尺，不及汪伦送我情。

这是李白赠给好友汪伦的一首送别诗。李白在泾县游玩时曾到汪伦家做客，汪伦热情地招待了他。临别时汪伦前来送行，李白即兴赋诗一首，表达二人之间的深厚情谊。

李白和汪伦是好朋友，两个人之间的友谊非常深厚，连千尺深的桃花潭都比不了，但是这两个人友谊的开始却源于汪伦精心设计的一场“骗局”。

汪伦本是泾县县令，因为喜欢桃花潭的景色，卸任后就将家搬到了桃花潭旁边。唐天宝年间，李白南下游玩，住在南陵县的叔父家中。汪伦早就听说过李白的大名，想与李白结交却一直没有机会。这次李白来到邻县可是千载难逢的机会，于是汪伦便想找机会与李白结交。

李白是位游侠，喜欢游历风景名胜，而且喜爱喝酒。想到李白的喜好，汪伦微微一笑，计上心来。他提笔给李白写了封信，信上说："先生好游乎？此处有十里桃花。先生好饮乎？此处有万家酒店。"

李白收到信后，果然心生好奇，马上就启程去泾县一探究竟。

见面后，汪伦热情地招待李白。两人开怀畅饮，谈天说地，相交甚欢。这时，李白想起了汪伦给他写的那封信，便问汪伦能否带他去看信中提到的十里桃花和万家酒店。汪伦听到这里，哈哈大笑，他解释道："桃花者，十里外潭水名也，并无十里桃花。万家者，开酒店的主人姓万，并非有万家酒店。"

原来汪伦所说的十里桃花，指的就是门外的桃花潭，万家酒店只是一位姓万的人开的酒店。这是一个文字游戏，是汪伦为了吸引李白前来故意设的一个小小骗局。

李白听闻，不但没生气，反倒哈哈大笑起来。两人都是豪放洒脱、不拘小节的人，说开后更觉得投缘，再次把酒言欢。

欢乐的时光总是短暂的，李白就要告别汪伦回去了。李白登上小船正要离开时，忽然听到一阵和着踏步的歌声。原来是汪伦和许多的当地人一起踏歌而来，专门为李白送行。

汪伦的真挚感情和村民们真诚的送别，使得李白大为感动，有感而发，写下了这首《赠汪伦》。

李白用眼前的桃花潭水来对比和汪伦的情谊，构思极其巧妙。桃花潭水是实景，情谊却是看不见的，用深千尺的潭水来比喻友情，顿时就让看不见的情谊变得有形，而且使人感受到情谊的深厚。真是让人不得不佩服李白的文学造诣。

二、因诗免罪的故事

凝碧池

［唐］王　维

万户伤心生野烟，百僚何日更朝天。
秋槐叶落空宫里，凝碧池头奏管弦。

译文：战乱使得国破家亡，百姓伤心，什么时候百官才能再朝拜天子呢？曾经的宫殿都荒芜了，只有秋叶飘零，可是乱臣安禄山却在凝碧池奏乐享乐。

王维是唐玄宗天宝年间的大臣。天宝末年，安禄山发动叛乱，因唐玄宗对战争形势判断失误，导致安禄山节节胜利，最后攻破了都城长安。唐玄宗带着文武大臣往南逃跑，王维来不及逃走就被安禄山抓去，囚禁在洛阳的菩提寺。因为王维的名气很大，安禄山没有杀他，就逼迫他做伪官。

被囚禁的王维一直心系大唐。所以当王维听说安禄山在凝碧池大摆宴席，又召集了很多梨园弟子奏乐助兴的时候，内心非常反感。尤其是听到其中一位乐工因为不愿为安禄山演奏乐曲而被残忍杀害的事后，他的内心受到极大的触动，便写下了这首《凝碧池》。全诗充满了对朝廷的思念和国家破败的悲痛，非常明确地表现了王维决不归附安禄山的心迹。

王维作这首诗的时候，绝对没想到这会成为他的一道救命符。

后来，朝廷的军队打回了长安，收复了失地。接下来唐肃宗开始对担任过伪职的人进行清算，按六等定罪，王维也在其中。担任伪职是大罪，按照当时的法律，很多人都被处以死刑，但是王维却凭这首《凝碧池》受到皇帝的嘉奖。再加上当时王维的弟弟王缙平定叛乱有功，他请求削己职以赎兄罪，所以王维得到赦免。

后世曾评说："六等罪，案如铁。张均张垍及希烈。毕竟凝碧池，难恕王摩诘。"

三、一字师的故事

早　梅

［唐］齐　己

万木冻欲折，孤根暖独回。
前村深雪里，昨夜一枝开。
风递幽香出，禽窥素艳来。
明年如应律，先发望春台。

这是唐代诗人齐己作的一首咏梅诗，赞扬了梅花傲寒独立的品格。其中诗的第四句“昨夜一枝开”，在最初创作的时候并不是这样写的。其中有什么故事呢？让我们一起来看看吧。

齐己是唐朝著名的诗僧，年少便有才气，出家为僧后依然热爱写诗，一生写了八百多首诗，被称为“唐代第一诗僧”。

有一年冬天，外面下了一场大雪。齐己早上出门时，在厚厚的积雪中发现了傲雪盛开的梅花，他被眼前的景色迷住了，回去后就创作了这首《早梅》。

《早梅》的颔联原是“前村深雪里，昨夜数枝开”。写完以后他自觉不错，便想找人共同欣赏。他想到了当时在袁州的著名诗人郑谷，便带着这首诗作去求教郑谷。

郑谷读了这首《早梅》后，当即指着诗中的第四句对齐己说：“‘数枝’非‘早’也，不若‘一枝’则佳。”郑谷认为“数枝”这个词用得不大合适。数枝梅花说明花开得很多，而这首诗的名字叫《早梅》，用“数枝”不能体现出早的意境。不如将“数枝”改成“一枝”，更能应和题目中的“早”。

齐己听郑谷这么一说，恍然大悟，深以为是。经过郑谷这么一改，诗的意境果然更上一层楼。他深感佩服，于是赶紧给郑谷施礼下拜，赞叹郑谷这个“一”字改得实在是妙。由此郑谷便有了“一字师”的名号，齐己求拜一字师的故事也传开了。

有句话叫“失之毫厘，谬以千里”，这句话用在诗词创作中也很恰当。这一字之改，成就了一首咏梅的千古名作。

四、春风绿岸的故事

泊船瓜洲

［宋］王安石

京口瓜洲一水间，钟山只隔数重山。
春风又绿江南岸，明月何时照我还？

译文：诗人乘坐的船停靠在瓜洲的水边，放眼望去，瓜洲和京口仅一江之隔，这里离钟山也不过只隔着几座大山。春风拂过，长江岸边的草木又焕发了生机，可是我什么时候才能再回来呢？

这首《泊船瓜洲》是宋代著名的文学家王安石的诗作。王安石离开钟山前往京城，走到离京口一水之隔的瓜洲时，回望故乡方向有感而发，写下了这首诗。

诗中最为人津津乐道的便是诗的第三句“春风又绿江

南岸”，其中最妙的就是这个“绿”字，可谓整首诗最动人之处，备受人赞赏。“绿”字本来是一个形容词，作者在这里打破常规，把它当作一个动词使用，使无形的春风似乎有了生命，给人眼前一亮之感。

关于这个“绿”字还有一个曲折的故事。

据说王安石最初在写《泊船瓜洲》的第三句时，并没有用“绿”。根据典籍记载：吴中士人藏有这首诗作的原稿，从原稿上可以看到这句诗初写时是“又到江南岸”，接着“到”字被圈起来，旁边写着“不好”，然后改成“过”，又被圈去，再改成“入”“满”……前前后后改了十几次，最后才定了“绿”字。可见王安石是一个对诗作语言要求极高的人。

王安石不仅喜欢推敲自己诗作的遣词用句，还喜欢修改别人的诗。

梁朝的谢贞曾经写过一首《春日闲居》的五言诗，其中有一句为“风定花犹舞”，王安石将其中的“舞”字改成“落”字，语句马上就显得精妙了。

但是王安石改诗也闹过笑

话。有一次他看见一首诗，其中有两句是这么说的：“明月当空叫，黄犬卧花心。”王安石顿时觉得好笑，明月怎么会叫？黄狗又怎么能卧在花心呢？于是提笔将诗句改成：“明月当空照，黄犬卧花荫。”

后来他游历南方，发现南方有一种叫声婉转的鸟，名字叫“明月”；有一种昆虫叫“黄犬”，喜欢在花上飞来飞去采蜜，这才意识到自己将诗句改错了。据说后来他还专门拜访过原作者，向其表达了自己的歉意。由此可见，我们现在所看到的经典诗句不知道经过诗人多少次的推敲、修改才定下来。所以我们要带着崇敬的心去阅读和体会诗中的美。

五、娥皇女英的故事

雨中登岳阳楼望君山二首

［宋］黄庭坚

投荒万死鬓毛斑，生入瞿塘滟滪关。
未到江南先一笑，岳阳楼上对君山。

满川风雨独凭栏，绾结湘娥十二鬟。
可惜不当湖水面，银山堆里看青山。

这组诗是诗人黄庭坚遇赦后回归家乡，经过岳阳楼时所作。诗中写到烟雨中君山的一众山峰如“绾结湘娥十二鬟”，表现了君山的灵秀。诗中的“湘娥”原是指娥皇和女英。

相传上古的尧帝有两个女儿，娥皇和女英，两个人都爱上了舜，嫁给了舜做妻子。后来舜继承尧的帝位，两个人也都被封为妃子。有一年舜到南方巡视，死在了一个叫苍梧的地方。两姐妹闻后伤心至极，前去寻找舜帝。到了那里得知舜帝已经被埋在了九嶷山下，两姐妹便抱着竹子痛哭，眼泪洒在竹子上，留下了斑斑泪痕。后来这种带有斑痕的竹子被人们称为“湘妃竹”。两人哭完夫君仍然悲痛不已，于是双双跳入湘水，殉情而死。娥皇和女英因此也被称为“湘妃”或“湘夫人”。

黄庭坚在诗中用“湘娥十二鬟”来比喻雨中君山的轮廓，体现出了他对君山的喜爱之情。

除了黄庭坚的这组诗，在很多的诗作中都能见到诗人引用娥皇和女英的故事来表达情感。比如张衡在《西京赋》中写道:“感河冯，怀湘娥。”明代李梦阳在《奉送大司马刘公归东山草堂歌》中写道:“湘娥含笑倚竹立，山鬼窈窕堂之侧。”

娥皇和女英的故事还有后续，比如《山海经》中就记载，娥皇和女英投水成为湘水之神后，常在长江的深渊里游历，她们出入时都带着疾风暴雨，把湘水也搅得不安宁。

但是人们似乎更愿意相信故事的前半段，所以湘妃的故事才广为流传，斑竹也被命名为“湘妃竹”，以示纪念娥皇和女英。作为用诗传达感情的诗人，更愿意相信娥皇和女英是为情自杀，是美丽与忠贞的化身，所以才会将湘妃的故事一代代地写进诗词里。

六、兰亭修禊的故事

和周廉彦

［宋］张　耒

天光不动晚云垂，芳草初长衬马蹄。
新月已生飞鸟外，落霞更在夕阳西。
花开有客时携酒，门冷无车出畏泥。
修禊洛滨期一醉，天津春浪绿浮堤。

译文：傍晚时分天边出现了晚霞，但是天色还没暗，我骑着马去踏青，路边刚刚长出的小草映衬着马蹄。新月已升起，飞鸟飞往巢穴，霞光映衬着西下的太阳。春天花开的日子待客要有美酒，天冷时出门无车，害怕道路泥泞。等到修禊的日子到了，期盼着在洛河的岸边边喝酒边欣赏天津桥边被吹绿的浮堤。

《和周廉彦》是宋代文学家张耒写给好朋友周廉彦的一首和诗，约他在春天的时候一起修禊踏青。那么什么是修禊呢?

修禊其实是上古流传下来的一种祭祀活动。最初的时候人们会在春秋两季到水边举行祭祀，用来消灾祈福，多少带有封建迷信的色彩。

后来人们的思想意识有所提高，修禊就逐渐演变为到河边进行清洁洗漱，寓意去除污垢和晦气。

再后来修禊就成为人们在春季和秋季到来之时到水边游玩聚会的一种活动。这种活动受到文人的喜爱，成为雅聚的一种形式。在修禊活动中最著名的要数兰亭修禊了。

“永和九年，岁在癸丑”，公元353年的三月初三，当时任会稽内史的王羲之邀请了多人来会稽山举行修禊活动。这当中既有王羲之的好朋友谢安、孙绰等，也有当时其他显赫家族之人。一行人在会稽山的兰亭聚集，真是“群贤毕至，少长咸集”，是一个大规模的修禊活动。

兰亭这个地方有崇山峻岭、茂林修竹，还有清澈的溪水流过。大家借助流水传递酒杯，一边欣赏着山川美景，一边喝着美酒。这美好和谐的气氛使得大家诗兴大发，纷纷吟诗作对。后来人们把这次修禊中的诗文集中起来编成了《兰亭集》，王羲之本人为其作序。王羲之所作序就是著名的《兰亭集序》。

《兰亭集序》字字精妙，语句如行云流水，又蕴含深邃的人生哲理，而且用王羲之登峰造极的书法写出来更成了诗书中的极品。

一次修禊活动诞生了最伟大的诗书作品，兰亭修禊也成为流传千古的佳话。

七、诗人与驴的故事

剑门道中遇微雨

［宋］陆游

衣上征尘杂酒痕，远游无处不消魂。
此身合是诗人未？细雨骑驴入剑门。

译文：衣服上全是赶路时落下的尘土和喝酒留下的痕迹。远行时每到一处都让人伤感，难道我这一生只能当一个诗人，在雨中骑着驴子走进剑门关？

陆游是宋代著名的爱国诗人，平生志在北上抗金，收复国土。然而朝廷没有给陆游这个机会，他刚过了一段前线的生活，就被撤回来担任闲职。陆游深感无奈，只能作诗感叹、自嘲。他是在途经剑门关时，写下的这首诗。读完这首诗我们脑海中会浮现出这样的画面——陆游的衣服上满是旅途的尘土和酒痕，他骑在驴背上，在雨中晃晃悠悠地进入剑门关。

陆游喜欢以驴当座驾。他不仅骑驴还喜欢写驴，这一点在他的很多作品中都有所体现。

比如他在《闭户》中写道：“徇俗不如翻著袜，爱山只合倒骑驴。”在《春晚自近村归》中写道：“山阴道上柳如丝，策蹇悠悠信所之。”这里的“蹇”也是驴。

其实不只是陆游，很多诗人都在诗中提到了驴。

比如宋代婉约派词人秦观就曾写道：“驴背吟诗清到骨，人间别是闲勋业。”“骑驴老子真奇绝，肩山吟耸清寒冽。”

唐代诗人贾岛因为骑驴还成就了一段佳话。一天贾岛骑着驴走在路上，忽然来了灵感，作出一首《题李凝幽居》，但是对其中一句“僧敲（推）月下门”的用字拿捏不好，不知是用“推”还是用“敲”。于是他边骑驴边用手做出推和敲的动作。因为太过投入，没顾上看路，驴不小心冲撞了当时出巡的韩愈的仪仗队。贾岛慌忙赔礼，并解释自己是因为专心思考诗中的两个字才不小心撞上的韩愈。韩愈听后不仅没怪罪贾岛，还帮他认真研究起这个问题来。过了许久，韩愈说道："我看还是用'敲'字好。"为什么？一来在拜访友人时敲门显得有礼貌，二来"敲"字更能突出夜晚的宁静。贾岛听完连连称是，于是就定下来用"敲"字，完成了诗中"鸟宿池边树，僧敲月下门"这一句。这就是"推敲"一词的由来。

除此之外，杜甫、苏轼也都在诗句中提到过驴。为什么诗人这么偏爱驴呢？结合中国文人的普遍境遇，我们可以得出一些答案。

"春风得意马蹄疾"，骑马总是让人联想到仕途顺遂，平步青云，马与仕途不顺甚至穷困潦倒的诗人一点也不相配。而驴比马低贱，前进速度也慢，骑驴与骑马相比自有一种悠然自得的感觉。这或许就是诗人们所追求的慢生活吧。

第六章

诗词中的典故

一、遥远音信——鸿雁

次北固山下

［唐］王　湾

客路青山外，行舟绿水前。
潮平两岸阔，风正一帆悬。
海日生残夜，江春入旧年。
乡书何处达？归雁洛阳边。

译文：旅客要走的道路从北固山向远处伸展，船航行在绿水中。潮水上涨，与两岸齐平，整个江面显得十分开阔。和顺的风吹着垂直高挂的船帆。夜幕还没有褪尽，一轮红日已经从海上升起。旧的一年还没有过去，江南已经有了春天的气息。我的家书该送到什么地方？希望北归的大雁能帮我捎到洛阳去。

大雁，一种定期迁徙的鸟。大雁机敏、忠贞，具有很强的组织性和纪律性，被视为仁、义、礼、智、信俱全的鸟，备受古人推崇。大雁南北迁徙，从不失时节，所以成为古人传递书信、沟通信息的寄托。

“鸿雁”成为书信代名词，源于《汉书》中记载的一个故事。

据记载，汉朝的使臣苏武奉汉武帝的命令出使匈奴，表示友好之意，却卷入匈奴的一场谋反案中。匈奴人多次威逼利诱，欲使苏武背叛汉朝。苏武誓死不屈，最终被扣押在匈奴。后来匈奴的单于将苏武流放到北海去放羊，声称什么时候公羊生了小羊，什么时候就放了他。

苏武就这样被困在贫瘠苦寒的北海十几年。到了汉昭帝时，匈奴和汉朝达成和议。汉朝的使者询问苏武的情况，匈奴人却谎称苏武已死。后来有知情人告诉汉朝的使者其实苏武一直在北海，并告诉使者应该怎么说才能让匈奴人放了苏武。后来汉使见到单于直接就说：“苏武还活着。”匈奴人还想狡辩，汉使接着说：“我们的天子在上林苑

中打猎时，射到了一只大雁。大雁脚上系着帛书，上面写着苏武就在北海。”匈奴人见谎言被拆穿，只好放苏武回了汉朝。

“鸿雁传书”由此成为一个广为流传的故事，“鸿雁”也成了邮差的代名词。

二、好友相聚——鸡黍

过故人庄

［唐］孟浩然

故人具鸡黍，邀我至田家。
绿树村边合，青山郭外斜。
开轩面场圃，把酒话桑麻。
待到重阳日，还来就菊花。

译文：老朋友准备了丰盛的饭菜，邀请我去他家做客。绿树环绕着村庄，青山在城郭外横卧。推开窗户面向菜园和谷场，边喝酒边闲聊庄稼的情况。约定好等重阳节到来，我们再一起在这里喝菊花酒，观赏菊花。

在古代，“鸡黍”代表招待客人的饭菜。在《过故人庄》中，孟浩然去朋友家做客时，朋友就准备了“鸡黍”招待他。

“鸡黍”表示招待客人的饭菜的典故源自《论语》。据《论语》记载，子路随孔子出游时落在了后面，正巧遇见一位正在劳作的老人，于是就向他打听有没有见过孔子。由于子路的态度非常恭敬，老人就留子路在自己家休息，还杀鸡做黍米饭招待他。后来人们就用“鸡黍”指招待客人的饭菜。

除此之外，“鸡黍”还代表深厚的友谊。这一指代背后还有一个动人的传说。

东汉时有一个叫范式的人，年轻时在太学游学。在那里，他结交了一个好朋友，名叫张劭。后来两个人一起回乡，范式说两年后要去拜访张劭，看看他的父母和孩子。两个人约定了见面的日期后就分手了。

转眼两年过去了，两人约定见面的日期也已临近。张劭便请母亲杀鸡买米，准备筵席，迎接老朋友范式。张劭的母亲觉得已经过去两年了，而且两个人远隔千里，怎么知道他来不来呢？

张劭却说：“我了解范式，他是个非常讲信用的人，一定不会违背承诺的。”果然到了约定的那天，范式如约而至，两个好朋友在一起享用饭菜，把酒言欢，十分高兴。

后来张劭病重，临死前叹息，只遗憾没见到范式。张劭死后托梦给范式，告诉他自己哪天下葬。范式醒来后悲叹落泪，赶紧穿上丧服赶去张劭下葬的地方。这时张家已经发丧，但到了墓地，要将棺材放进墓穴的时候，却怎么也放不进去。大家都不理解，只有张劭的母亲知道他有未了的心事。这时范式骑马赶来，他对着张劭的棺材伤心地痛哭起来，并与自己的好友告别。范式告别完后，亲自拉着引棺的绳索牵引，棺材终于放进了墓穴。

范式与张劭的交情成为人们推崇的典范，后人就用“鸡黍之交”来形容朋友之间超越生死的友情。

三、边境敌人——楼兰

从军行七首·其四

［唐］王昌龄

青海长云暗雪山，孤城遥望玉门关。
黄沙百战穿金甲，不破楼兰终不还。

译文：青海湖上蒸腾起来的云雾遮蔽了祁连山，远远就能望见一座孤城玉门关。征战沙场千百次，战士的盔甲都被磨穿了，但他们的壮志不灭，不打败敌人誓不回乡。

楼兰指的是楼兰国，是古代西域的一个小国家，现只存遗址。自汉武帝初通西域，汉朝使者往来便都经过楼兰。那时候的汉朝和匈奴常年对战，楼兰也成了两国必争之地。汉昭帝时，楼兰王因为贪财，被匈奴收买，常常在通往西域的路上抢劫汉朝使者，并给匈奴传递汉朝的消息。

因楼兰从中捣乱，还纵容匈奴人杀害汉朝使者，使得朝中无人敢再出使大宛国，朝廷也无法与西域各国交往。这时候有个担任骏马监的小官站出来说他愿意出使大宛国。这人就是计斩楼兰王的关键人物傅介子。大将军霍光嘉许傅介子的勇气，便叫他带人马前行。

傅介子来到楼兰后谴责了楼兰王的罪行，责怪他不报告匈奴的行踪。楼兰王表示服罪，然后告诉了傅介子匈奴使者的行踪。傅介子趁天黑杀了匈奴使者，并成功出使大宛国。

傅介子回到朝中后，楼兰又多次反复，依旧和匈奴勾结。傅介子又请命："楼兰必须受到惩罚，否则无法震慑其他小国。"霍光便派傅介子再次出使楼兰。

傅介子这次带着许多金银珠宝来到楼兰，对外宣称这是汉朝皇帝对各国的赏赐。楼兰王刚开始不感兴趣，等傅介子走到楼兰的边界，假装要去别的国家，并给楼兰的翻译看了自己带来的财宝后，楼兰王就心动了，马上赶来见傅介子。两人坐在一起饮酒，等到楼兰王有些醉意的时候，傅介子对楼兰王说："天子派我来私下跟大王通报一些事情。"便领着楼兰王进了一个帐篷。楼兰王刚进去，就被埋伏在那里的两个壮汉刺杀，楼兰王的侍从也四散奔逃。楼兰王死后，曾在汉朝做人质的太子继位。

因为楼兰地处边境，后来人们就用“楼兰”代指边境的敌人，“破楼兰”指打败敌人，建功立业。

四、坚守誓约——抱柱

长干行（节选）

［唐］李白

郎骑竹马来，绕床弄青梅。
同居长干里，两小无嫌猜。
十四为君妇，羞颜未尝开。
低头向暗壁，千唤不一回。
十五始展眉，愿同尘与灰。
常存抱柱信，岂上望夫台。

这首诗以一位居住在长干里的商人妇的口吻讲述了她的爱情生活，倾吐了对远方丈夫的殷切思念。

李白的《长干行》中有这样一句诗："常存抱柱信，岂上望夫台。"意思是常常抱着至死不渝的信念，怎么能想到如今会走上望夫台的地步。

诗中提到的“抱柱”常用来表示信守誓言或约定。这个词源自一个凄美的爱情故事。

相传在春秋时期，有一位青年名叫尾生，机缘巧合下认识了一位女子，两个人一见钟情，随后私订终身。

尾生向女子家求亲却被无情拒绝。在一次偷偷约会时，女子说要和尾生一起偷偷逃走，两个人一起到一个新的地方开始生活。两个人约定三日后在城外的木桥下碰面，不见不散。

到了约定的日期，尾生早早来到木桥下等候，谁知道左等右等都不见女子的身影。恰逢天公不作美，下起了瓢泼大雨，干枯的河底有了水流，尾生不得不退到岸边。这时候女子仍然没有踪迹，河水越涨越高，没过了尾生的膝盖。有人见此情景劝尾生赶紧逃到高处去，尾生却不为所动，抱住桥的柱子稳定身形，仍然在原地等候。

雨一直下个不停，河水逐渐淹没了尾生的上半身，接着彻底淹没了整个人。

等到暴雨停歇，河水退去，女子终于赶来，看到尾生抱柱而死，放声大哭。原来女子和尾生相约私奔的事情被父母知晓，父母便把女子关了起来，直到听说尾生被淹死，才放女子出来。女子这时悲痛万分，却又无力回天，随后跳河殉情。

或许这只是个传说，但是却表达了人们对忠贞爱情的赞美，“抱柱”也成为专属爱情的典故。

五、官场仕途——青云

赠从兄襄阳少府皓（节选）

［唐］李　白

吾兄青云士，然诺闻诸公。

所以陈片言，片言贵情通。

译文：兄长现在官运通达，青云直上，因重承诺而闻名于百官中。虽然呈给你的信中陈述的内容较简短，但是表达的情感却是一样的，你懂其中的意思就行了。

我们不仅常常在古诗词中见到“青云”这个词语，现在说一个人仕途得意，升官到高位，也会用“平步青云”。那么“青云”为什么能成为仕途顺畅的代名词呢？

这源自《史记》中记载的一个故事。

范雎是魏国人，原是魏中大夫须贾的门客。有次范雎随着须贾出使齐国，齐襄王听说范雎能言善辩，就赏赐范雎黄金和美酒，但是都被范雎拒绝了。

后来须贾听说了这件事，怀疑范雎私通齐国，出卖了魏国的秘密，就把这件事上报给魏国的相国魏齐。魏齐非常恼怒，令人毒打范雎。范雎装死逃过一劫，后在别人的帮助下逃至秦国，改名张禄。

在秦国，范雎的才能被认可，最终拜为秦国相国。魏国人对此一无所知，以为范雎早死了。后来魏国派须贾出使秦国，范雎装成穷人去见他。须贾可怜他，便将缯袍送给了他。后来须贾进见秦国宰相张禄。范雎这时已经恢复了相国的装束，并且大摆威仪接见他。须贾见张禄便是范雎，惊恐万分，立刻叩头称死罪，说："我没想到您能靠自己的能力升至青云之上，我以后不敢再读天下书，也不敢再参与天下事。我犯下了大罪，请您随意处置吧。"

"青云"本来指青天，高高的天空。须贾用"青云"来形容范雎的相国之位，表示范雎获得了高官。此后"青云"表示高官显爵的说法就沿用了下来。

六、失而复得——还珠

中丞宋公以吴兵三千赴河南军次寻阳脱余之囚参谋幕府因赠之（节选）

［唐］李　白

独坐清天下，专征出海隅。
九江皆渡虎，三郡尽还珠。

译文：御史中丞专席而坐清天下，如今又受命自主征伐海隅。您为官清廉，政绩卓著，就像东汉的九江太守宋均、合浦太守孟尝一样施行善政，使猛虎渡江潜逃，珍珠失而复得。

还珠也称“合浦还珠”，这个词中包含着一个关于失而复得的典故。

东汉时期，广西的合浦地区盛产珍珠。那里产出的珍珠不仅个大饱满而且色泽柔和，十分美丽，是珍珠中的珍品，被称为“合浦珠”。合浦地区也因珍珠而远近闻名。

合浦当地的居民以打捞河蚌采珠为主业，吃的粮食都是用卖珍珠的钱去其他地方买。因此如果没了珍珠，老百姓就吃不上饭。幸好合浦珠很出名，所以采珠的收益还算不错。

后来合浦当地的官员发现渔民采珠挣钱不少，日子过得挺美，就想趁机多捞点油水。他们巧立名目，向渔民征收赋税，想把老百姓身上的钱都榨出来。渔民们为了缴税，只能多捕捞河蚌。渐渐地大河蚌越来越少，当地的珍珠再也没有个大饱满、色泽美丽的。渔民们捞不到大的河蚌，小珍珠又卖不上价钱，渐渐地买粮食的钱越来越少，最后连饭都吃不上了。很多人搬离了合浦，珍珠市场也因此凋零，整个合浦变得萧条衰败。

直到有一位叫孟尝的人来到合浦当太守，局面才出现了转机。孟尝到任后先解决的就是民生问题。他首先废除了那些苛捐杂税；然后制定了捕捞河蚌的规则，渔民们需要遵循河蚌的生长规律，不能大小都捕捞，只有长到一定规格的河蚌才能开蚌取珠。

经过孟尝的一系列改革，渔民们的生活压力小了，河蚌的生存环境也好了。合浦渐渐又成了大批河蚌的栖息地，渔民们也能采到又大又圆的珍珠了。这时候商人纷纷来到合浦采购，珍珠市场又繁荣起来，合浦终于恢复了生机。

合浦还珠的故事既代表了失去的东西又重新回来，还代表了为官清廉，治理有方。所以在古代有还珠典故的诗词很多是写给做官之人的，用来歌咏他们为官有道。

七、大赦天下——金鸡

流夜郎赠辛判官（节选）

［唐］李白

函谷忽惊胡马来，秦宫桃李向明开。
我愁远谪夜郎去，何日金鸡放赦回？

译文：函谷关那边报告有胡人进犯，皇上身边的人一个个因兴兵而受到提拔，就像次第花开的桃李。而我现在却被贬谪到夜郎，什么时候朝廷能大赦让我回来呢？

“金鸡”一词，常常出现在古诗词中，比如，宋代陆游在《迎赦呈王志夫李德孺师伯浑》中写道：“青城回仗国人喜，金鸡衔赦天恩覃。”宋代刘克庄在《病后访梅九绝》中写道：“从前弄月嘲风罪，即日金鸡已赦除。”我们不难发现，金鸡频频和一件事一同出现，那就是赦免。

这与金鸡这个典故的来源有关。金鸡，古代大赦时举行的一种仪式：竖起长杆，长杆顶部立金鸡，然后召集罪犯，击鼓，宣读赦令。《新唐书·百官志三》记载："赦日，树金鸡于仗南，竿长七丈，有鸡高四尺，黄金饰首，衔绛幡，长七尺，承以彩盘，维以绛绳。"

那赦令与金鸡有什么关系？

这与古代的占星文化有关，古人认为天鸡星动的时候，就要有大赦。据《封氏闻见记》记载，北齐宋武帝即位，大赦天下，在皇宫正门宣德楼前立了一根高高的旗杆。杆顶有一个木盘，里面放着一只金鸡。宋孝王不知道金鸡的意义，便问当时的光禄大夫司马膺之："今天是大赦的日子，在旗杆上放置一个金鸡是什么意思？"司马膺之说："按照《海中星占》这本书的记载，天鸡星动，必当有赦。所以皇上以金鸡作为大赦的标志来表示时候到了。"

后来人们就以"金鸡"指代朝廷大赦，也称为"金鸡消息"。

八、岁月久远——烂柯

酬乐天扬州初逢席上见赠

［唐］刘禹锡

巴山楚水凄凉地，二十三年弃置身。
怀旧空吟闻笛赋，到乡翻似烂柯人。
沉舟侧畔千帆过，病树前头万木春。
今日听君歌一曲，暂凭杯酒长精神。

译文：被贬到巴山楚水这些荒凉的地方已经二十三年了，怀念故友时只能吟诵闻笛赋，等回到家乡发现一切都变了。沉船旁边仍有千千万万的船只经过，枯萎的树木前面也有更多的树木生根发芽。今天听了你为我吟诵的诗篇，暂借这一杯酒重新振奋精神。

《酬乐天扬州初逢席上见赠》的颈联中用到了“烂柯”一词，这个词有个典故，出自任昉的《述异记》。

传说在晋代时，一位叫王质的人到石室山上砍柴。王质刚到山中，便听到有人在唱歌。他被歌声吸引，柴也顾不上砍，就循着声音找去。他找到歌声的出处，发现那里只有几个小童子。小童子们有的下棋，有的唱歌。王质近前去看童子下棋。

才过了一会儿，王质就觉得腹中饥饿，肚子咕咕叫起来。这时，其中一个童子拿出一个枣核样的东西递给王质，叫他吃下去，并说能充饥。王质半信半疑，但还是接过来吞了下去。说来也奇怪，那东西下肚后，王质立刻就不觉得饿了，还变得更加精神。

然后他又聚精会神地看他们下棋。不知过了多久，那位给他东西的童子回头问他：“你怎么还在这里？还不回家吗？”王质这才想起自己是来砍柴的，结果柴没砍反倒被下棋吸引住了。等他起身想拿着斧子继续去砍柴的时候，发现自己的斧柄居然已经朽烂了，只剩下斧头。

王质拿着剩下的斧头边走边想，怎么也想不明白是怎么回事。等他回到村子时发现那里已经大变样，与他同时代生活的人都已经不在了。王质这才确信已经过去了许多年，原来自己是遇到了神仙。

后来“烂柯”一词就被用在诗词中，用来感叹时光流逝，世事变迁。刘禹锡在诗中借此典故表达了世事沧桑，返乡后恍如隔世的心情。

登快阁

［宋］黄庭坚

痴儿了却公家事，快阁东西倚晚晴。
落木千山天远大，澄江一道月分明。
朱弦已为佳人绝，青眼聊因美酒横。
万里归船弄长笛，此心吾与白鸥盟。

译文：我处理完了公事，趁着傍晚雨后初晴来到快阁放松一下心情。向远处望去落叶飘零、万木萧条，天地广阔，在明月照耀下的澄江向远处流去。因为没有知己所以没有弹奏乐曲的兴致了，只有见到美酒眼中才有喜色。真想坐上船吹着笛子去远方，与白鸥做伴逍遥自在。

《登快阁》中用到了“青眼”一词。这个词有个典故，出自魏晋时期的名士阮籍的故事。阮籍是三国时期的诗人，竹林七贤之一。

阮籍崇奉老庄哲学，对于世俗礼教十分厌恶。他特立独行，不遵守所谓的规矩礼法，也不在意他人的非议。

阮籍经常用眼色来表示他的感情，对待喜爱的人就用青眼，对待讨厌的人或看不起的人就用白眼。不仅平常如此，在他母亲的葬礼上，他也依旧不顾礼法，用青白眼对待来人。

母亲死后阮籍伤心欲绝，饮酒二斗后放声号哭，吐血数升。同为名士的裴楷登门吊唁时，阮籍正瘫坐在地上，顶着一头乱蓬蓬的头发醉意蒙眬。对裴楷的到来，阮籍无动于衷，裴楷也见怪不怪，吊唁完就走了。

后来嵇康的哥哥嵇喜前来吊唁，阮籍不但不打招呼，还直接甩给嵇喜一个大白眼。嵇喜觉得受到了侮辱，回家就跟弟弟嵇康说阮籍傲慢无礼。嵇康倒是十分了解阮籍，他对哥哥说：“阮籍一向讨厌那些追名逐利的世俗平庸之人，对待这样的人阮籍一律以白眼相待。”然后嵇康拿了一坛酒、一把琴出门去。

阮籍看到嵇康来，心情稍好，以正眼（青眼）相对。嵇康也不像其他人一样直接去灵前祭拜，而是走到阮籍面前，与他对饮、弹琴来缓解他的悲痛。嵇康知道阮籍内心十分悲痛，不想理那些世俗的礼数，他现在需要的是一个能够陪伴他，给他安慰的人。

后来人们便用“青眼”表示对人的喜爱和赞赏。

十、家乡味道——莼羹鲈脍

舟中作

［宋］陆 游

会稽城上角呜呜，日落烟村暝欲无。
千载虚名笑张翰，一官元不宜莼鲈。

译文：会稽城上号角呜呜作响，太阳快下山了，远处的山村笼罩在炊烟中几乎看不见了。我笑那张翰博得千载虚名，其实一个官位本来就不能跟莼羹鲈脍相当。

历朝历代的诗词中，经常出现“莼鲈”一词的身影。除了上面这首陆游的诗作，还有苏轼的“我生涉世本为口，一官久已轻莼鲈”，程垓的“旧信江南好景，一万里、轻觅莼鲈”，陈维崧的“江东西风起，莼鲈可以膳”，等等。

那么“莼鲈”究竟是什么？又有什么特殊含义呢？

“莼鲈”的典故出自晋朝的一位文人，名叫张翰，就是“千载虚名笑张翰”中的那个张翰。

张翰，字季鹰，西晋时期的文学家。一天张翰看见秋风起，秋叶落，大雁南归，一股思乡的情感油然而生。他开始想念家乡的特色美食——菰菜、莼羹、鲈鱼脍。于是他大笔一挥，写下了著名的《思吴江歌》：“秋风起兮木叶飞，吴江水兮鲈鱼肥。三千里兮家未归，恨难禁兮仰天悲。”

张翰当时在朝中为官，他本就因皇室中人争权夺位掀起的一场动乱心生厌倦，眼前的景象又勾起了他的思乡之情，于是说道：“人生贵得适志，何能羁宦数千里以要名爵乎？”这句话的意思是，人生最重要的就是要随自己的心意去生活，怎么能为了追求名利而不远千里到这官场沉浮？于是他便借着思念家乡，辞官回家了。

后来人们便将思乡之情称为“莼鲈之思”或“莼羹鲈脍”。因张翰借思念家乡而辞官，所以“莼羹鲈脍”也指文人隐退。“莼羹鲈脍”也就成为历代文人表现思念家乡，退隐官场时常用的一个典故了。